KB051821

소소하지만 매일 읽습니다

책 속 한 줄의 힘

자기경영노트 성장연구소 지음

BOOK ★ STAR

나는 작은 아이들의 세계에서 사는 작은 사람이다. 아주 작은 것에서 웃고, 작은 것에서 의미를 찾으며 작은 것을 차곡차곡 쌓아 왔다. 그렇게 그 '작은 세상'에서 아이들과 함께 수많은 계절을 거쳐 왔다. 하지만 20년이 넘어가자 내가 생각한 그 '작은 일상'에 힘이 빠져 버렸다. 가치 있다고 생각한 이 시간이 나만의 착각이 되어 버리는 것은 아닌지, 수많은 시간이 작음으로 묻혀 사라지는 것은 아닌지 불안하고 아쉬웠다. 그리고 가치와 의미를 찾기 위해 어둠 속 빛을 찾아다녔다.

'앉은 자리를 바꾸지 않으면 다른 풍경을 볼 수 없다.'

나의 삶을 객관적으로 바라보고 싶었다. 인생을 지혜롭게 살아온 어른의 관점으로 현재의 나, 내가 속하지 않은 외부에서 보는 나를 만나고 싶었다. 그렇게 한 발짝 내디딘 걸음으로 나와 같은 결을 가진, 아니 나보다 훨씬 더 깊이 있는 좋은 사람들을 만났다.

나처럼 삶을 조금 더 '의미 있게' 살아가기 위해 조용히 걷는 선생님들! 더 이상 혼자가 아니었다. 함께 읽은 책은 혼자의 외로움이 아닌 함께하는 공명으로 다가와 서로를 울리고 울렸다. 의미 있게 살아가기 위한 유별나게 바쁜 일상의 모습도 평범함으로 이해하고, 외롭고 힘든 시간도 공감하고 보듬으며 서로의 삶을 읽어 나가는 사람들. 이 책은 그런 소소함의 힘을 믿는 선생님들의 보석 같은 이야기이다.

'교사'라는 이름으로 갇혀 버린 수많은 이야기를 '나다움'으로 풀어내며 성장하는 선생님들의 이야기이다. 엄마로서, 아내로서, 교사로서, 책을 읽는 독자로서, 글을 쓰는 작가로서, 다양한 시선으로 자신의 삶을 깊이 있게 바라보는 이야기다.

PROLOGUE

삶은 소소한 일상의 연속이다. 특별한 일상을 기대하며 이 소소한 일상을 살아내기는 버겁고, 흘러가는 시간은 너무나 아쉽다. 이때 책 속의 작은 문장들은 '나'를 일깨우며 삶의 활력이 된다. 그리고 그 활력은 아이들에게, 가족에게, 동료 교사에게, 더 멀리 나아가 세상에 전해지는 좋은 에너지가 된다. 결국 모든 것은 작은 것으로부터 시작된다.

혼자서 완성하지 못하는 삶의 퍼즐 조각들이 함께 모이니 아름다운 삶의 그림으로 완성되었다.

소소하지만 매일 읽은 글을 나누고, 공감하며, 좋은 삶을 살기 위해 노력하는 우리는 이미 삶 속에 빛나고 있다. 잘 살기 위해 성장과 내려놓음을 오가는 우리 삶의 모든 이야기는 가치가 있다.

글이 목적이 아닌 삶이 목적인 선생님들의 이야기, 좋은 글을 쓰기 위해서는 먼저 좋은 삶을 살아야 한다. 그런 노력이 담긴 소소한 이야기가 누군가에게 작은 울림으로 전해졌으면 한다.

'작은 것을 소중히 여기는 마음'이 결국 가장 소중한 것이었다. 그러한 깨달음을 선물해준 김진수 선생님과 자경노 선생님 모두에게 감사의 마음을 전한다.

작은 아이들의 나라에서 행복의 깊은 의미를 더한 작은 교사

정현진

목차

CONTENTS

2부 / 성장과 내려놓음을 오가는 삶

목차

CONTENTS

3부 / 인생을 잘 산다는 것

목차

1부

삶은 결국 빛난다

책 속 한 줄의 힘

장소영

01 내면의 아름다움을 유지하는 삶은 결국 빛난다

저는 늘 바르고 진실하게 사는 것이, 양심에 부끄럽지 않게 살아가는 것이 중요하다고 믿어 왔습니다. 누군가가 그런 노력을 알아주고 인정해 주는 것만 같았습니다. "넌 지금까지 잘 준비해 왔어. 아무런 후회나 미련 없이 죽음을 맞이할 수 있을 거야. 걱정할 필요 없어."

- 『내가 틀릴 수도 있습니다』 중에서, 비욘 나티코 린데블란드

"어떤 삶을 살고 싶어?"

"바르게 사는 삶."

계산기로 간단한 덧셈 문제를 두드렸을 때 곧장 나온 답처럼 출력된 나의 답변이다. 상대방의 의도나 대화의 분위기를

넌 지금까지 잘 준비해 왔어.
아무런 후회나 미련 없이 죽음을 맞이할 수 있을 거야. 걱정할 필요 없어.

신경쓰지 않고 내 마음 안에서 직진하며 뛰쳐나온 답변이다.

교사인 나에게 있어 바르고 진실한 삶의 모습은 무엇인가?

나의 역량 안에서 내가 맡은 수업, 생활 지도, 업무를 충실히 해내려는 모습이다. 나는 나의 일에 몰두하고 진실한 자세로 살아가는 게 좋다. 그렇게 살아갈 때 나는 '나'를 인정해 준다. 그제야 행복이라는 충만한 감정도 만날 수 있는 '나'라는 사람이다.

즐거운 수업으로 아이들이 행복하게 웃는 모습이 좋다. 수업 준비가 부족하여 아이들이 우왕좌왕하면 내 마음이 방황한다. 내가 고민한 만큼 업무가 잘 진행될 때는 흐뭇한 만족감에 기쁘기까지 하다.

"넌 좀 독한 면이 부족해. 조금 더 큰 목표, 조금 더 영리한 태도로 살아가는 게 어떻겠니?"

다른 길로 방향을 꺾을 수 있는 마지막 신호를 지나치는 나

에게 던져진 조언이었다. 내 삶의 테두리를 작은 틀 안에 가두는 것이 아닌지 스스로 질문도 해 보았다. 하지만 이 책에서 만난 구절이 나를 응원해 주었다.

"넌 지금까지 잘 준비해 왔어. 아무런 후회나 미련 없이 죽음을 맞이할 수 있을 거야. 걱정할 필요 없어."

내 삶에 대한 판결의 근거는 깊은 심문(深問) 끝에 스스로 완성해야 한다. 그리고 우리는 판결 과정에서 자신의 삶을 변호하는 훌륭한 변호인이 되어야 한다.

"원고인은 바르고 진실한 삶을 살고 있습니다. 맡은 일을 충실히 합니다. 도리를 다하며 사람들과 마음을 나누며 살고 있습니다." 세상이 나를 의심하며 반박할 때 이렇게 나를 옹호해야 한다.

"당신은 내면의 아름다움을 지키며 좋은 삶을 살고 있습니다. 지금까지 잘해 왔습니다. 앞으로도 걱정할 필요가 없습니다." 나를 뜨겁게 지지하며 확신을 주어야 한다.

"인생의 묘미는 얼마나 소유했느냐, 어떤 이치에 올랐느냐에 달려 있지 않다. 그보다는 얼마나 많은 것으로부터 자유로운지에 달려 있다."

- 『고수의 학습법』 중에서, 한근태

상대를 이기기 위해 애쓸 필요가 없다. 남에게 평가받는 삶을 살지 않으니 불안해하지 않는다. 그저 나의 성장을 위해 고군분투할 뿐이다. 그래서 자유롭다.

화려하지 않아도, 유명하지 않아도 된다. 높은 직위든 낮은 직위든 상관없다. 내면의 아름다움을 유지하는 삶은 결국 빛나기 때문이다. 밖에서 비추지 않아도 스스로 빛을 내는 별과 같이.

아침마다 우리 반 아이들과 손뼉을 치며 외치는 자기 긍정 메시지를 나에게도 보내 본다.

"나는 내가 정말 좋다. 나는 매일 성장한다."

"짝짝 짝짝, 짝짝 짝짝!"

김동은

02 질문은 생길 수밖에 없어요

"네가 답을 찾지 못하는 질문이 말해 주는 단 하나의 확실한 것은 현재의 네가 '바로 그 물음'에 대해서 답을 찾을 능력이 없다는 뜻이다."

- 『인생에 한 번은 나를 위해 철학할 것』 중에서, 허유선

스스로에게 처음으로 질문을 던져본 것은 대학교 신입생 때였다. 두 번의 수능시험을 보고서 입학한 학교였고, 재수생으로 지내는 내내 '캠퍼스를 누비며 재미와 의미를 만끽하는 나날을 누릴 거야.'라는 기대감으로 버텼었는데, 입학을 하고 보니 캠퍼스도 강의도 실망스럽기 그지없었다. "왜 이렇게 하나같이 재미가 없지?" 그리고 이 질문의 답을 찾지 못한 채 똑같은 하루하루를 보내는 동안 '교육대학의 강의들은 학생들의

철학은 정답을 알려 주는 것이 아니라
적절한 질문을 하는 방법을 알려 주는 학문이다.

잠재력을 끌어내지 못한다.'라는 어디서 주워들었는지도 기억
나지 않는 말을 기정사실로 받아들이게 되었다. 또한, '대학생
으로서의 나의 삶은 행복하지 않다.'라는 생각도 하게 되었다.

이 생각은 예상보다 자주 나를 찾아와서 나를 불안하게 만
들었다. 그때마다 도서관에 가서 '행복의 실마리'를 담고 있
는 책들을 찾아보았으면 좋았을 텐데, 도서관까지 가서는 1층
서가에는 눈길도 주지 않고 2층 영상실에서 미국 시트콤들을
봤다. 그것도 지겨워지면 고등학교 때 친구들과 재수 학원에
서 같이 공부했었던 친구들을 만나러 갔다. 하지만 돌아오는
길엔 항상 '왜 하나같이 재미가 없지?', '왜 행복하지 않을까?'
라는 질문이 나의 대답을 기다리고 있었다. 솔직히 이전까지
'내가 어떤 때에 재미와 행복을 느끼는지' 곰곰이 생각해 본
적이 없었다. 그러니 두 가지의 질문은 나에게 굉장한 난제일
수밖에 없었다.

그래서 나는 내가 그 난제들을 풀 수 있으리라 기대하지 않

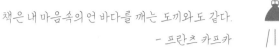

책은 내 마음속의 언 바다를 깨는 도끼와도 같다.

– 프란츠 카프카

았다. 차라리 수능을 한 번 더 보는 것이 더 쉽지 않을까 생각했다. 부끄럽지만 인정할 것은 인정해야 했다. 나는 '어떻게 하면 국어, 수학, 사탐, 과탐, 외국어 점수를 올릴 수 있을까?' 라는 질문에는 답을 찾을 능력을 가지고 있었을지 몰라도, "왜 이렇게 하나같이 재미가 없지?", "왜 행복하지 않을까?"라는 물음에 대해서 답을 찾을 능력을 가지고 있지 못했다.

저자는 "네가 답을 찾지 못하는 질문이 말해 주는 단 하나의 확실한 것은 현재의 네가 '바로 그 물음'에 대해서 답을 찾을 능력이 없다는 뜻이다."라는 말을 철학과에서 수학할 당시 담당 교수님에게 들었다고 했다. 그리고 바로 뒤에 이어진 문장이 있었다. "그러니 조금이라도 이 물음에 대해 이해하고 접근하고 싶다면 지금의 네가 풀 수 있는 물음으로 질문을 바꿔라."라는 문장이었다. 앉은 자리에서 "이거였구나!" 하며 손뼉을 쳤다.

"왜 하나같이 재미가 없지?"라는 질문을 "넌 뭐가 재밌는데?", "그게 왜 재미있다고 생각하는데?", "근데 너 중고등학교 때 공부하면서도 재밌었던 적 있지 않았어?", "어떤 과목이었는데?", "그 과목에서 배웠던 내용이 재밌었던 거야, 아니면 활동이 재밌었던 거야?", "근데 그게 왜 재밌었는데?"와 같은 질문들로 쪼갠 후 단계별로 물어 보았다면 미국 시트콤을 보느라 흘려버린 시간을 꽤 많이 줄일 수 있지 않았을까?

"왜 행복하지 않을까?"라는 질문은 제일 먼저 "넌 어떨 때 행복한데?" 정도로 바꿀 수 있었을지도 모른다. 하지만 이 질문도 당시의 나에게는 어려웠을 가능성이 높다. '행복'이라는 단어 자체가 주는 부담감도 있었고, 부모님이 지원해 주셔서 대학에 다니고 있는데 행복하지 않다는 생각을 한다는 것 자체로 죄책감을 크게 느꼈었다. 그러니 아마도 질문을 이렇게 저렇게 바꿔 보면서 "넌 뭐가 재밌는데?"를 물어보았을 것 같다.

생각을 정리하면서 한 가지 다행스러운 점을 발견했다. 그것은 그때 '갓 고등학교를 졸업한 대학생은 원래 그런 거야.'

'나'라는 사람을 말해 주는 것은 우리의 경험과 그 경험이 남긴 것들이다.
- 데이비드 흄

하면서 상황 자체를 그러려니 하면서 지나치지 않았다는 점이다. 마주한 상황이 불편했고, 불편함이 해소되지 않았고, 그것이 질문으로 이어졌고, 질문을 자주 피해 다니기는 했지만 그래도 그 질문을 계속 품고 있었다는 것이다. 내가 위의 두가지 질문에 대한 답을 찾을 수 있는 능력을 가지게 되었을 때까지 말이다.

대학 생활이 하나같이 재미가 없었던 이유이자 행복하지 않았던 이유를 이제는 안다. 우선은 내가 배우려는 자세로 임하지 않았다. 두 번째로는, 고등학교 때까지 암기 위주의 공부만 했기에 갑자기 자기 생각을 말해 보고 발표해 보라고 하니 뭘 어떻게 해야 할지 몰랐다. 학문을 배우고 탐구하는 대학에서는 스스로 생각하고 자기 생각을 정리할 수 있어야 했는데 역량이 부족했었다. 똑같은 강의를 들었어도 동기들 중 몇몇은 교수님께 자신이 이해한 것이 맞는지 확인을 하기도 했고, 질문을 하기도 했었다. 세 번째 이유는, 내가 스스로 내 역량을 키우기 위한 노력을 하지 않았다는 것이다. 내가 당장 변화시

무지를 아는 것이 앎의 시작이다.
- 소크라테스

킬 수 있는 부분에 집중하지 않고 내가 당장은 변화시킬 수 없는 부분에 대한 탓만 하고 있었다. 그러니 재미도 없고 행복하지도 않을 수밖에.

『몰입』의 저자 미하이 칙센트미하이는 "단 하나의 질문이 당신의 인생을 바꿔 놓을 수도 있다."라고 했다. 길지 않은 인생을 잘 살아내고 싶은 사람에게는 질문이 생길 수밖에 없다고, 오직 그 사람에게 '나의 인생을 바꿔 놓을 수도 있는 단 하나의 질문'이 허락된다고 생각한다. 그러니 지금 단 하나의 질문을 만났다면 그 방향으로 나아가면 된다. 다만 답을 바로 찾지 못하더라도 실망하지 않았으면 한다. 대신 단 하나의 질문을 자신이 풀 수 있는 물음들로 바꿔 보고, 바꾼 질문에 대한 답을 찾고 다시 나아가는 동안 '단 하나의 질문'을 계속 품고 있으면 좋겠다. 단언컨대 '단 하나의 질문'에 대해 답을 할 수 있는 능력을 가지게 되었을 땐, 이미 많이 달라져 있는 스스로의 모습을 확인할 수 있을 것이다. 그리고 그땐 자신을 스스로 꼭 한 번 안아주었으면 좋겠다.

김수민

03 자율적이고 완전한
사람으로의 여정

어른이 되어 입시 공부나 시험공부와는 별개로 '나를 공부' 하고 나 자신에 대해 탐구하는 일이 생각보다 중요함을 깨닫고 있다. 학창 시절 기계적으로 감정 없이 들어오던 '자아 탐구'라는 문구가 정말 중요함을 느꼈다. 나에게 인생 책이 몇 권 있는데, 깊은 울림으로 남아 있는 이 책들을 통해 나의 내면을 구성하고 있는 것들에 대해 사유해 보는 시간을 가진다.

그중 『아무도 나에게 생활비를 주지 않는다』라는 책이 있다. 블로그에 연재할 때부터 홀린 듯 읽어 내려간 소설인데 중반부터는 정식 출판을 위해 연재가 중단되었다. 책이 나오기만을 손꼽아 기다리다가 나오자마자 단숨에 읽어 버렸다. 읽

다른 사람이 당신을 행복하게 만들어 주기를 기대한다면
당신은 끊임없이 실망하게 될 것입니다.
- 스캇 펙

은 후 여운도 아주 깊게 남아 있는 나의 인생 책이다.

꾕장히 입체적인 다섯 명의 캐릭터가 이야기를 이끌어가며 삶의 화두를 던져 주는, 생각할 거리가 참 많은 책이다. 한 여인을 중심으로 그 자녀들의 이야기가 어우러지며 결국 그 여인이 '나 자신'을 찾아가는 이야기이다.

대학 입학, 직장 입성, 그리고 결혼을 인생의 미션이라고 본다면, 이 미션을 모두 완수하면 모든 게 일사천리로 끝나는 것일까? 결코 그렇지 않다. 인생은 계속 흘러간다. 소설 속 자녀들의 삶도 계속 흘러가고, 소설 속 주인공인 여인(엄마)의 삶도 계속 흘러간다. 다들 속사정이 있고 인생의 풍파를 겪으며 살아간다. 소설 속 어머니는 여전히 자녀만을 바라보고 있지만, 자녀들은 다양한 현실적인 이유로 그에 상응하게 해 드리지 못한다. 그리고 거기서 다양한 갈등과 오해가 생긴다. 생각이 트인 캐릭터인 막내 '하이'는 이 갈등과 오해 상황을 아주 지혜롭고 현명하게 풀어나갈 방법을 찾아낸다. 우리만을 위해 살아온 어머니가 이제는 '자신을 전공'할 수 있도록 도와주기로 한다. 자식들이 아니라 엄마 본인이 무엇을 좋아하는지 들여다

엄마 세계의 중심이 자식이 아닌
당신 자신이 될 수 있도록 도와드리고 싶어요

볼 수 있도록 말이다. 하이가 말한다.

"전 엄마의 입장에서 생각해 보았어요. 엄마의 질문에 대한 답은
모두 우리 자식들에게로 귀결되더라고요. 아마도 우리를 잘 키우는
것이 소명이라고 생각하셨을 텐데 이번 일만 봐도 우리는 잘못된
건 엄마의 탓으로 돌리고 그런 대접을 받은 엄마는 즐거우실 리 없
고 그러니 관계의 만족도 떨어질 테고. 이제라도 엄마 세계의 중심
이 자식이 아닌 당신 자신이 될 수 있도록 도와드리고 싶어요."

- 『아무도 나에게 생활비를 주지 않는다』 중에서, 이종은

이런 훌륭한 자녀들을 키워낸 것만으로도 정말 대단하고 존
경스러웠다. 소설 속 자녀들은 이제는 엄마가 엄마 본인을 위
하여 멋지게 인생을 펼쳐나가도록 도와준다. 갈등과 오해의
골이 깊어지기도 했지만, 이 역시도 엄마를 포함한 가족 구성
원 한 사람 한 사람이 서로를 더욱 잘 이해하고, 자기 자신에
대해 이해하고, 결국 더 멋진 사람이 되기 위한 성장통이었음
을 일깨워 주는 멋진 이야기이다.

내가 결혼할 때 아버지께서 써주신 글귀가 있다.

1. 모든 것을 다 잃어도 가정이 있으면 아직 다 잃은 것이 아 니지만, 모든 것을 다 가져도 가정을 잃으면 모든 것을 다 잃은 것이다.   -클린턴 가드너

2. 결혼의 진정한 의미란 완전한 사람, 그리고 삶으로부터 도망치지 않는 책임감 있고, 자율적인 존재가 되도록 서 로를 도와주는 것이다.   -폴 투르니에

1번 글귀는 직관적으로 이해가 되는 문장이었다. 그런데 2번 글귀는 '대충 좋은 말인 건 알겠는데 도대체 무슨 말이지?'라는 생각이 들었다. 와닿게 이해가 되지 않았다. 그런데 신기하게도 이 책을 읽고 나니 2번 글귀가 온전히 이해되기 시작했다.

'결혼의 진정한 의미란 완전한 사람, 그리고 삶으로부터 도망치지 않는 책임감 있고, 자율적인 존재가 되도록 서로 도와주는 것이다.'

'자율적인 존재'. 결혼 당시 이 문구를 처음 접했을 때는 '그래, 자율적인 거 좋지. 근데 이게 결혼이랑 무슨 상관이야?' 싶었다. 그런데 이제야 이해가 되었다. 진정한 결혼 생활이란, 가족 구성원이 모두 각자의 삶에 최선을 다해 살아갈 수 있도록, 즉 누구에게 종속되거나 하나만을 바라보지 않고, 각자 한 인간으로서 최선을 다해 삶을 살아갈 수 있도록 도와주는 것이다. '완전한 사람'이 되도록, '자율적인 사람'이 되도록 응원하는 것이다. 이 문구는 정말 '한 인간'으로서의 삶을 말하고 있었다.

> 결혼의 진정한 의미란 완전한 사람이 되도록 서로 도와주는 것이다.
> 모든 것을 다 잃어도 가정이 있으면 아직 다 잃은 것이 아니다.
> 모든 것을 다 가져도 가정을 잃으면 모든 것을 다 잃은 것이다.

『아무도 나에게 생활비를 주지 않는다』에서 엄마는 평생 자녀들을 위해 희생하고, 자녀들을 잘 키워 내는 것을 인생 최대의 소명으로 여기며 살아오셨다. 그렇게 자란 자녀들이 커서 엄마의 가장 궁극적인 행복을 위해 취한 액션은 바로 엄마가 '자율적이고 완전한 사람'이 될 수 있도록 도와주는 멋진 프로젝트를 시작한 일이다. 소설의 서사를 따라가며 고개를 끄덕끄덕하며 읽다가, 뜬금없게도 아버지께서 나 결혼할 때 적어 주신 그 문구가 번뜩 떠오르며 조금씩 이해가 되는 순간이었다.

막연히 '언젠간 이해가 될까?' 싶었던 문구였는데, 이 책을 읽고 어렴풋이나마 이해하게 되었다. 나중에 아이가 생기고 육아를 하면서 이 책을 읽으면 또 새로운 관점이 눈에 보일 것 같다. 그리고 더 깊은 이해를 할 수 있겠지. 묵혀 두었다가 나중에 또다시 읽어볼 그날을 기약하며, 오늘도 나와 남편은 서로를 존중하고 이해하며 서로가 자율적인 인격체가 될 수 있도록 응원하는 삶을 살아야겠다.

강소민

04 내 속도대로 나답게 살기로 결심했다

　교사가 되고 난 후 처음으로 전문적 학습 공동체를 경험했다. 그 이름은 바로 '자경노(자기경영노트)'. 자신의 삶을 잘 경영하고자 전국에서 모인 50여 명 교사가 한 달에 두 번 성장 모임과 독서 모임에 참여하며 성장과 나눔을 지향하는 학습 공동체이다. 이른 새벽 6시, 여느 때처럼 성장에 진심인 교사들이 속속들이 온라인 커뮤니티에 모이기 시작한다.

　그날도 어김없이 책을 읽고 난 후 마음속 솔직한 평점을 작성해 본다. 나답게 살기로 결정한 2일 차. 나만의 평점은 5점 만점의 5점. 그런데 온라인 커뮤니티에 작성되는 다른 선생님의 점수를 살펴보니 4.5점, 4.6점, 4.8점. 5점 만점이 보이지 자신이 원하는 방식으로 살아가기에 너무 늦은 때란 없다.
- 에리카 라인

않자 내가 준 점수가 너무 과한가 싶어 급하게 5라는 숫자에서 4.7로 바꿔 쓴다.

　줄곧 다른 사람과 비교되며 자라온 탓에 어린 시절부터 마음엔 많은 상처가 있었고, 성인이 되어서도 나의 밑바닥과 다른 사람의 제일 높은 꼭대기는 항상 비교의 대상이 되었다. 그래서 부모님께 인정받고 사랑받고자 늘 열심히 최선을 다했다. 그럼에도 내가 원하는 사람에게 또는 외부에서 채워지지 않는 사랑과 인정은 언제나 나를 힘들게 했으며 그래서인지 내 나이 마흔에 제2의 사춘기가 왔다.

　수화기 너머로 목소리가 들린다. "그냥 가만히 있어. 왜 자꾸 돈을 쓰고 배우려 하니!" 아버지의 말이 마음을 차갑게 한다. 내 나이 서른여섯이 되던 해. 36년 동안 살아온 인생 중 가장 큰 아픔을 겪고 난 이후 지금도 있는 힘 없는 힘 꾹 짜내며 처음부터 다시 시작하는 중이다. 새로운 직장에 적응, 그리고 경제 상태 제로, 마음 근육 나약, 그리고 홀로서기. 나이 마흔에 얻은 나의 성적표는 한없이 초라하기만 했다. '나름대로 열심히 살아왔는데, 누구보다 최선을 다했다고 생각했는데…' 학창 시절 사춘기도 없이 지내온 나는 어쩌면 나이 마흔이 첫 사춘기인 셈이다. 공부도 곧 잘했고, 직장 취업도 같은 과 친구들보다 가장 먼저 할 정도로 승승장구하며 달려왔다고 생각했던 삶에 갑자기 제동이 걸렸다.

지하 100층까지 떨어지는 경험을 하고 나니 자존감은 바닥이었고, 이전에 넘쳐났던 자존심마저 제로였다. 남과 더욱 비교되었고, 그럴수록 나의 우울감은 더욱 기승을 부렸다. 꾹꾹 눌러가며 괜찮은 척하던 마음은 결국 무너져 내린다. 온종일 충분하지 않다는 부족함에 대한 질책과 싸우며 마구 흐르는 눈물을 감당하기가 어려워졌다. 그러면서도 다른 사람에게는 애써 밝은 척, 씩씩한 척, 빨리 일어나고 싶어 이것저것 꾸역꾸역 배우고 있는 내 모습을 보니 마음은 더욱 아파져 갔다. 그때 만난 책이 바로 『김미경의 마흔 수업』이다.

마흔은 잘못이 없다.
잘못된 것은 마흔을 너무나 크게 본 나의 착각이다.

'마흔은 잘못이 없다.'

당신의 마흔은 잘못이 없다. 이 단 하나의 문장이 나의 닫힌
마음을 조심스럽게 두드린다.
그리곤 그녀는 다시 이렇게 말을 이어간다.

"인생의 온갖 변수와 시련 속에서도 마흔까지 살아냈다면 당신은
생각보다 많은 것을 가진 사람이다. (중략) 마흔의 어느 날, 갑자기
지금까지 해 놓은 것도 없고 이룬 것도 없어 울고 싶을 때 마음껏
울어도 좋다. 울어야 속을 비우고 비워야 채울 수 있으니까. 다만
지금이 끝이 아니라는 것만은 스스로에게 꼭 말해 주자. (중략) 잘못
된 것은 마흔을 너무나 크게 본 나의 착각이다. 다시 말해 주자. 아
니. 외우자! 내 마흔은 잘못이 없다."

윗글을 읽자마자 눈물이 왈칵 쏟아졌다. '내 마흔은 잘못이
없다.' 이 한마디가 그동안 힘겹지만 겨우 버티고 있던 삶의
무게를 '털썩' 내려놓을 수 있게 해 주었다. 지금 어떤 문제가
당신을 힘들게 하는가? 혹시 아무도 내 마음을 알아주는 사람

이 없다는 생각이 들어 외롭고 공허하진 않은가? 다른 사람과 비교하며 자신을 힘들게 하는가? 그런 생각이 들어도 괜찮다. 감정은 틀린 게 아니니까. 다만 그때 자신이 잘못 살아온 것이 아님을 알고 토닥여 주자. 그리고 누군가 지금 삶을 대하는 방법이 틀렸다고 충고해도 자신을 믿고 내 속도대로 계속 이어 나아가자. 나 자신만큼 나를 잘 아는 사람은 없으니까.

"싫은데? 내 생각대로 할 건데? 사춘기 아이들처럼 까칠하게 우겨도 된다. 사람들의 충고가 그럴듯해 보여도 어디까지나 딱 그 사람 수준의 조언이다. 내 안에서 진정 나를 위한 진실한 조언이 나올 때까지, 내가 나에게 첫 번째 조언자가 되어줄 때까지 기다리겠다고 선언하자. 내가 성장하겠다는데, 감히 누구도 끼어들게 두지 말자. 10년이 걸려도 내 속도대로 나답게 가겠다고 결심하자. 그래야 나다운 인생을 만드는 첫발을 내디딜 수 있다."

- 『김미경의 마흔 수업』 중에서, 김미경

박경신

05 나는 꽤 괜찮은 사람입니다

"나는 언제부터인가 사람을 방송 아이템으로만 대해 온 건 아닐까? 프로그램을 잘 찍는 것도 중요하지만 출연자들에게 방송이 어떤 의미로 남을지, 촬영 때문에 불편한 건 없는지 먼저 살폈어야 했다."

- 『참 괜찮은 태도』 중에서, 박지현

괜찮다는 말을 사전에서 찾아보면 '별로 나쁘지 않고 보통 이상이다', '탈이나 문제, 걱정되거나 꺼릴 것이 없다'로 나온다. 하지만 나에게 있어서 괜찮다는 의미는 별로 나쁘지 않은 상태가 아닌 좋은 상태를 뜻하는 말이었다. 나에게 주어진 많은 역할을 해 나가면서 늘 괜찮은 상태를 유지하고 싶었고, 그것은 '나쁘지 않은'이 아닌 '좋은', '훌륭한' 상태여야 했다. 그 상태를 유지하기 위해 나는 애써야만 했다. 힘겨웠다. 왜 진

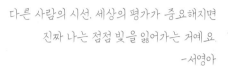
다른 사람의 시선, 세상의 평가가 중요해지면
진짜 나는 점점 빛을 잃어가는 거예요.
—서영아

작 괜찮다는 말의 의미를 곱씹어 볼 생각을 못 했을까? 지금
에 와서야 안타까운 마음이 든다.

주로 도서관에서 책을 빌려 읽지만, 가끔은 서점에 간다. 책
을 좋아하는 것이 가장 큰 이유겠지만, 책으로 둘러싸여 새 책
냄새 가득한 공간이 주는 느낌이 좋은 것도 하나의 이유다. 이
책도 서점에서 만났다. 책을 둘러보다가 제목이 눈에 띄었다.
내 마음 한구석에 늘 남아 있었던 의무감인 '괜찮음'이란 단
어를 보는 순간 마음이 끌렸다. 보통은 목차, 서문 등을 읽으
며 책을 살 것인지 말 것인지를 결정하는데 이번에는 달랐다.
책의 제목은 나의 마음을 사로잡았고 책을 뒤적거리지 않고
집어 들었다. 대만족이었다.

이 책은 15년 동안 다큐멘터리 디렉터로 일하면서 수많은
사람의 삶에서 길어 올린 말들을 담고 있다. 상상이나 생각이
아닌 경험으로부터 우러난 글이라 그런지 읽는 동안 나도 그
현장에 함께 있는 것만 같았다. 감정선이 맞닿을 때는 책을 내
려놓고 머물기도, 눈물을 흘리기도 했다. 그리고 그 순간마다

인생에서 중요한 것은 속도가 아니라 방향이다.

'괜찮음'에 대해 생각했다.

나는 학교에서 아이들을 가르치고 있다. 교과를 지도하거나 생활 교육을 할 때 제일 먼저 하는 것은 목표를 세우는 일이다. 내게 주어진 시간 동안 맡겨진 아이들이 그 목표에 도달할 수 있도록 최선을 다한다. 목표는 방향을 잡고 그 방향으로 올바로 나아가도록 하는 것이지만, 일상을 지내다 보면 목표만 쫓아가는 경우가 생긴다. 오로지 목표를 달성하기 위해 아이들이나 내가 수단으로 존재하게 되기도 하지만 미처 깨닫지 못할 때가 많다. 방송을 아이템으로만 대해 온 것은 아닐까 반성하는 대목에서 난 주저앉을 수밖에 없었다. 내가 원하는 방향대로 가기 위해 아이들을 목표를 위한 수단으로만 대했던 것 같은 마음 때문이었다. 내가 원하는 목표에 도달하지 못해도, 방향을 잃지만 않는다면 그 과정 자체로 아이들에게 성장이 있을 수 있음을 간과하고 있었던 것이다. 비단 아이들뿐만이 아니라 나 자신에게도 마찬가지였던 것 같다. 내가 원하는 삶을 지향하며 하루를 행복으로 채워나가는 것이 아니라 제대로 살지 못한 것 같아 자책하며 아쉬워하기만 했다. 아무리

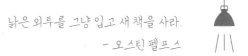

낡은 외투를 그냥 입고 새 책을 사라.
— 오스틴 펠프스

노력해도 안 되는 상황이 마음 아팠고, 더 애쓰지 못한 나를 탓하며 슬퍼했다. 멈추면 비로소 보이고, 속도를 늦추면 주변 풍경의 아름다움을 느낄 수 있다는 것을 수도 없이 들어 알고 있다고 생각했는데, 아니었음을 이제야 마음으로 깨달았다.

읽는 동안 또 자주 생각났던 말은 "사람이 먼저다."였다. 유행어처럼 한동안 사람들의 입에 오르내린 적이 있었다. 어떤 사람은 진심으로 어떤 사람은 비난으로 어떤 사람은 농담으로. 다들 속내는 달라도 표현은 같았다. 나에게 이 말은 사람을 수단으로서가 아닌 목적으로 대해야 한다는 의미로 다가왔다. 지금의 내 현실에서 타인, 그리고 나 자신이 목적임을 잊지 말아야겠다.

이런 고민을 하며 살아가고 있는 나. 그런 나는 꽤 괜찮은 태도로 살아가고 있다는 생각에 안도감과 편안한 마음이 든다. 아마 대부분의 사람들도 꽤 괜찮은 태도를 가지고 살아가고 있을 것이다.

곽도경

06 내 성격에 내 운명을 걸어 보자!

운명을 믿는가? 내 삶을 정해진 운명에 기대어 살아간다는
건 너무나 수동적이라 지금껏 '운명'이라는 건 아예 믿지를
않고 살아왔다. 더욱이 예전에 손금을 좀 볼 줄 아는 친구가
말해줬는데, 정해진 손금도 있지만 열심히 사느냐에 따라 손
금도 좋게 바뀐다고 했다. 그래서 정해진 운명 같은 건 없고,
내가 열심히 살고 바르게 행동하면 운명은 긍정적으로 바뀔
거라는 기대로 지금껏 살아왔다.

그렇게 '운명'에 별 신경 쓰지 않고 살다가 최근에 『좋은 엄
마가 좋은 선생님을 이긴다, 인성 편』이라는 책을 읽다가 운
명에 관한 정신이 번쩍 드는 문구를 하나 만나게 되었다.

부모가 잔소리를 줄이면 아이가 부모의 말을 진지하게 듣는다.

"성격이 운명이다."

　　　　- 『좋은 엄마가 좋은 선생님을 이긴다, 인성 편』 중에서, 인젠리

　성격이 운명이라고? 읽는 순간 머리가 산속 개울물처럼 맑아졌다. 운명론자가 아니라고 생각했는데 지금껏 철저히 성격에 운명을 걸고 살아온 '성격 운명론자'가 바로 나였다. 정해진 운명이 아니라 바뀔 수 있는 '성격이라는 운명'에 나의 삶을 송두리째 걸고 살아왔었다. 성실하게 살고 긍정적으로 세상을 바라보자고 매 순간 나에게 주문을 외웠고, 그런 나의 성격이 인생의 갈림길에서 후회하지 않는 선택과 운명으로 이어졌던 게다.

　자꾸 운명 운명 하니 갑자기 즐겨 보는 프로그램이 생각난다. 바로 '나는 솔로'라는 프로그램이다. 혼기를 맞은 남녀들이 나와서 서로의 짝을 찾는 내용인데 출연자들의 말과 행동에 인생이 들어 있어서 보는 내내 아주 흥미롭다. 출연자 중에 종종 운명을 강하게 믿는 남녀들을 보게 되는데 외모에 취미에 사는 곳이 비슷하다는 이유로 그들의 짝을 '운명'이라고

여긴다. 하지만 5일 동안 밥도 같이 먹고 함께 지내면서 운명을 결정짓는 결정적인 한 방은 외모도 아니고 취미도 아니고 바로 그 사람의 말과 생각과 태도인 '성격'에 있었다.

아무리 멋진 직업을 가지고 있더라도 변하지 않는 그 사람의 다정함과 인생을 대하는 태도 앞에서는 그 멋진 직업도 속수무책이었다. 그 사람이 평생 쌓아온 내공의 결정체인 성격이 둘의 운명이 되는 것이었다. 프로그램 속 남녀들을 보고는 역시 운명은 약간의 우연으로 정해지는 것이 아니라 스스로 지금껏 쌓아 올린 삶을 대하는 긍정적인 태도인 성격에 기인함을 알 수 있었다.

그런 중요한 사람의 운명에 내 직업도 어쩜 한몫하는 셈이라 내 직업 이야기를 안 할 수가 없다. 초등 교사인 나는 10여 년을 넘게 교직에 있으면서 수없이 많은 아이를 만났다. 묵묵히 자기 일을 열심히 하며 세상을 밝게 보는 아이들도 만났고, 기다리기 싫어서 새치기하는 아이들과 눈에 뻔히 보이는 거짓말을 하는 아이들도 만났고, 진심으로 친구를 위해 반을 위해 노력하는 아이들도 만났다.

그런 다양한 아이들을 보면서 '아! 이 아이는 긍정적인 성격으로 앞으로 잘 자라겠구나!', '아! 이 아이는 좀 더 세상을 긍정적으로 바라봐야겠구나!', '좋은 성격이 좋은 운명에 도움이 될 수 있게 내가 도와줘야겠구나!' 라는 생각을 하게 되었다. 그래서 늘 공부보다 인생을 대하는 긍정적인 자세와 태도와 말을 교실에서 강조했고, 그들의 운명에 조금이라도 내가 도움이 됐으면 좋겠다고 생각하며 교단에 있었다.

그러던 어느날, 교단 생활을 하다 알 수 없는 몸 속 염증으로 일주일을 병원에 있었다. 걱정이 많은 편이라 어쩜 이러다 큰일이 날 수 있겠다는 생각이 들어 웃음도 없어지고 부정적인 생각이 꼬리에 꼬리를 물어 한없이 나락으로 떨어졌었다. 다행히도 병실에서 다시 읽은 『웃어라, 사람』이라는 책 속 문구에서 '힘들수록 더 웃으라.' 라고 해서 꾸역꾸역 억지로 웃었더니 거짓말같이 세상이 다시 좋아졌다. 까짓것 웃음 한 방

존경하는 선생님은 존경하지 말라고 해도 존경하게 돼 있어요.

에 인생이 우울 상태에서 긍정 상태로 바뀔 수 있음을 깨달은 병실에서의 일주일이었다.

'낫고 있다.', '할 수 있다.', '웃자.' 상태로 스위치를 켰더니 삶이 긍정 모드로 바뀌었다. 힘든 순간을 좋은 마음가짐으로 바꾸었더니 내 운명이 조금씩 바뀌기 시작했다. 못 고칠 것만 같은 내 고질병도 고칠 병으로 바꿀 수 있을 것 같았다. 정말이지 아픈 상황에서도 한 번 힘을 내어 보자고 웃으며 노력하는 마음이 고질병도, 운명도 고칠 수 있겠다는 생각이 들었다.

혼기를 맞은 남녀들, 교실의 아이들, 그리고 병원에서 아픈 나를 바라보면서 세상을 대하는 긍정적인 마음가짐이 성격이고, 곧 운명임을 확실히 알게 되었다. 긍정적인 자세로 세상을 대하고 그 마음을 우리 아이들에게도 전하자. 그게 나를 위해, 내 가족을 위해, 아이들을 위해 가장 중요한 일임을 이제는 확실히 알겠다. 성격이 운명이니 좋은 성격으로 바꾸면 좋은 운명으로 100 프로 바뀐다. 남은 삶 동안 내 성격에 내 운명을 걸어 보자!

정현진

07 기록으로 빛나는 삶

"지우개로 지워도 지워지지 않는 것들이 있지. 작고 아름다운 것들.
요즘 그런 것들로 공백을 채워나가고 있어."

- 『이어령의 마지막 수업』 중에서, 김지수

매일 아침 눈을 뜨면 노트를 편다. 2022년 1월 1일, 미라클
모닝과 함께 시작된 독서와 필사는 이제 매일 하루를 시작하
는 나만의 루틴이 되었다. 누군가가 물었다.

"그렇게 새벽에 일어나서 매일 하루도 빠지지 않고 필사하
는 이유가 뭐예요?"

매일 주어진 일상을 열심히 사는 것이 최선이라고 생각하는

내가 살아온 삶의 기록. 살아갈 날의 기록의 의미를 생각해 본다.

나는, 어느 순간 '최선'이라는 말에 조금씩 지쳐갔다. 내 삶의 '최선'에 '나를 위한 최선'이 빠진 것 같았기 때문이다. 무언가를 성취해야만 하는 내가 아닌 '나로서의 나'의 삶을 돌아보고 싶었다. 그렇게 고요한 새벽을 통해 내 안의 조용한 나를 마주하게 되었다. 그리고 책과 노트, 필사는 나의 하루를 시작하는 또 다른 에너지원이 되었고, 그렇게 쓴 나의 기록은 몇 권의 보물 같은 노트로 남게 되었다. 그리고 우연히 책상을 정리하다 또 다른 다이어리들과 수많은 편지들을 발견하였다. 내 기록은 이미 나의 모든 삶에서 연결되어 있었다. 내가 살아온 삶의 기록, 내가 살아갈 날의 '기록의 의미'가 무엇일까 생각해 보았다.

나의 첫 기록의 유년기는 바로 초등학교 국어 시간이었다. 또래보다 작고 마음이 여렸던 나는 아주 소극적인 아이였다. 하지만 어느 날 국어 시간에 선생님께서 "현진이는 글씨를 참 반듯하게 쓰는구나!"라고 칭찬을 해주셨다.

나의 글씨에 대한 칭찬은 '글씨' 자체를 의식한 행동으로 연지우개로 지워도 지워지지 않는 것들이 있지.
작고 아름다운 것들. 요즘 그런 것들로 공백을 채워 나가고 있어.

결되었다. 반듯하게 쓰기 위해서는 반듯한 마음과 자세, 손의
정성이 필요했다. 그리고 '글씨를 잘 쓰는 나'는 '잘하는 것이
있는 나'의 존재 가치로 새겨졌다. 그렇게 누군가의 관심으로
부터 내 '글씨'가 빛이 나기 시작한 것이다.

　유년기 단순히 '쓰기를 위한 목적의 글씨'는 청소년기 가족
과 주변 사람들과 연결되어 마음을 전하는 최고의 수단이 되
었다. 쓰는 기쁨은 가족, 친구에게 편지로 자연스럽게 이어졌
다. 특별한 날은 가족에게 편지를 썼고 그 편지에 항상 답장을
해주신 건 아버지였다. 기쁜 날도, 축하할 날도, 슬픈 날도 말
로써 전하지 못한 이야기는 글로써 힘이 되었다.

　우리 가족이 가장 힘들었던 시간이 있었다. 가족들은 각자
의 자리에서 바쁘게 지내느라 얼굴을 보지 못한 날들이 많았
다. 어느 날 아침을 먹지 않고 출근하는 나에게 옆의 가게 아
주머니가 무언가를 건네주셨다.

　"이거 어떤 아저씨가 선생님 꼭 전해 주라고 하네."

기쁜 날, 슬픈 날도 말로써 전하지 못한 이야기는 글로써 힘이 되었다.

하얀 비닐봉지에는 따뜻한 병 베지밀과 빵 하나, 그리고 꼬깃꼬깃 접힌 메모지 하나가 있었다. 그 메모지를 여는 순간 눈물이 하염없이 흘렀다.

"사랑하는 내 딸에게. 아빠가 우리 이쁜 공주를 너무 고생시키는 것 같아 정말 가슴이 너무 아프구나…(중략)… 엄마. 아빠 바빠서 잘 챙겨주지 못하더라도 이제는 홀로 설 수 있는 지혜를 배워야 한다. 항상 이 아빠가 우리 딸의 든든한 언덕이 되어 주마. 아빠는 우리 현진이를 너무나 사랑한단다. 아빠가 바빠서 우리 딸 밥이나 잘 챙겨 먹었는지 걱정이 되어 길옆에서 샀단다. 아빠가 우리 딸을 생각하고 있다는 마음으로 알고 건강하게 밥 잘 챙겨 먹어라. 니도 아빠 좋제. 대답은 만나서 들으마."

-2002. 10. 23-

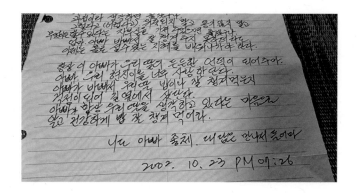

나의 기록의 보물창고는 작고 아름다운 것들로 가득하다.

아직도 온기가 식지 않는 베지밀과 아빠의 글을 보며 흘렸던 눈물은 이제 내 맘의 가장 튼튼한 삶의 뿌리가 되었다. 나의 필체는 내 마음을 울렸던 아빠의 필체를 닮은 게 아닐까? 세상에 하나뿐인 '아빠 딸 필체'는 그렇게 유전되었나 보다.

가족의 글로 시작된 글은 친구들과 함께하는 우정 다이어리, 연애 시절의 교환 일기로 이어졌다. 교사가 되어서는 학부모, 선생님, 아이들의 편지로 이어져 나의 기록의 보물창고는 작고 아름다운 것들로 가득하다.

결혼 후 바쁜 일상 속에 10년 만에 만난 선생님이 이야기했다.
"선생님이 줬던 그 편지 아직도 가지고 있어요. 선생님만의 필체에는 행복이 있어요."
내가 기억하지 못한 행동이 누군가의 삶에 글로써 남아 있다고 생각하니 내 삶도 글만큼이나 잘 살아야겠다는 생각이 들게 된다.

화려한 수식어가 없어도
있는 그대로 세상을 빛내는 것은 아이들의 동심글꼴이다.

또한, 나에게 여전히 '진행 중'인 가장 생동감 있는 기록은
바로 '아이들의 기록'이다. 어떤 베스트셀러의 글보다 창의적
이고 진심을 담진 아이들의 글 속에는 '보람과 행복'이라는
가치의 열매가 주렁주렁 매달려 내 삶에 풍요로움을 더한다.

천사 선생님상

위 선생님은 아이들을 힘들게 돌보고 아이들이 잘 성장할 수 있도
록 잘 돌바주는 선생님. 아푸로도 아이들이 잘 성장할 수 있도록 돌
바주는 선생님이 대도록 응원합니다

착하고 화내지 않는 보석같은 마음상. 사랑해요 상장

아이들을 사랑해주는 원간 선생님상 좋아해주고 화 안내고 잘 예
기해주는 선생님

원감 선생님에게 주는 훈장의 상장에 색종이로 접은 하트. 그리고 주의사항은 "절대로 뗄 수 없어요"

 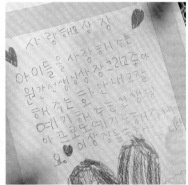

맞춤법, 글씨의 크기, 글씨의 줄 간격 어느 하나 맞는 것이 없이 이면지에 쓰인 아이들의 흔적은 무엇보다 내 삶에 가장 큰 선물이다. 그리고 내가 가장 닮고 싶은 '동심글꼴'이다.

화려한 수식어가 없어도 있는 그대로 세상의 가장 빛나는 동심이 담긴 글꼴, 그런 글꼴의 필체로 쓸 수 있는 아이들과 함께 성장한 삶의 이야기를 쓰고 싶다.

쓰는 삶이 누군가에게 쓰여지는 삶이 되길 바라며
정성을 다해 삶을 써 내려간다.

기록은 나를 만나고, 세상과 연결되고, 삶으로 남겨진다. 하루하루 쓰는 삶이 누군가의 삶에 쓰이는 삶이 되길, 세상에 좋은 쓰임이 되는 내가 되길 바라며 오늘도 한 글자에 정성을 다해 삶을 써 내려간다. 작고 아름다운 것들로 내 삶의 공백을 채운 기록. 기록으로 인해 남겨진 모든 순간이 내 삶을 빛내는 아름다운 선물이다.

"우리는 겉으로 번쩍거리는 것을 럭셔리하다고 착각하지만 내면의 빛은 그렇게 번쩍거리지 않아. 거꾸로 빛을 감추고 있지. 스토리텔링에는 광택이 없다네. 하지만 그 자체가 고유한 금광이지."

— 『이어령의 마지막 수업』 중에서, 김지수

임예원

08 우리는 그렇게 나이 먹음을
   몸소 알게 되지

    몇 해 전부터, 더 정확히는 둘째를 낳은 후부터, 좀 더 정확한 나이로는 마흔을 넘어서고부터 난 더 이상 거울을 자주 보지 않는다. 외출하기 위해 얼굴을 단장할 때와 볼일이 있어 화장실을 갈 때의 두 가지 경우를 제외하고는 소위 나는 거울도 안 보는 여자이다. 오직 나 자신과 나의 외모에만 관심이 많았던 젊은 날을 돌이켜 보자면, 그때의 나와 지금의 내가 같은 사람이 맞기는 한 건가? 라는 의문이 들 정도이다.

"방안에 거울을 두지 않은 지 오래다.
내 모습을 볼 기회가 없어서인지 사진은 볼 때마다 낯설다.
하얗게 센 머리, 허리를 꼿꼿하게 세웠다고 생각했는데 굽은 등.

인간은 성숙할수록 더욱 젊어진다.
-헤르만 헤세

무심코 혼잣말을 하다가 깜짝 놀라 주위를 둘러본다.
나는 내가 질문이 끝나면 바로 이어서 대답한 줄 알았는데
답을 말하기 전에 꽤 뜸을 들인 모양이었다."
- 2023 젊은작가상 수상작품집, 정선임 작가의 『요카타』 중에서-

2023 제14회 젊은작가상 수상작품집이 나오자마자 예약해서 책을 받았다. 이번 작품집의 5번째 작품을 읽으면서 화자가 100세 할머니라는 것이 무척 신선했다. 젊은작가상이라는 제목에서 오는 나도 모를 편견을 가지고 작품을 읽다가 두 번째 페이지에서부터 일인칭 주인공 시점의 말하는 이가 바로 100세 할머니였다는 것을 눈치챘다. 전혀 100세 같지 않은 이름과 말투였지만, 위의 묘사가 이어지면서 여러 지점에서 한 인간의 나이 듦이 많은 부분 와닿았다. 난 아직 100세의 절반도 안 살았는데, 어쩜 저리 저 마음을 다 알 것 같은 걸까?

소설을 통해 우리는 여러 인생을 살아 본다. 요즘 유행하는 말인 '인생 2회차'는 현실에 없다. 우리의 인생은 단 1회뿐이다. 삶은 매 순간이 선택이고, 선택되지 않은 다른 선택지가 때론 후회로 다가오기도 한다. 모두가 1회차 인생이라는 것이

독서가 정신에 미치는 영향은 운동이 육체에 미치는 영향과 다름이 없다.
- 토머스 에디슨

꽤나 공평하지만, 한편으로는 인간이 단 한 번뿐인 기회로 하나의 인생만 산다면 얼마나 억울할 노릇인가? 그래서 동서고금을 막론하고 사람들은 수많은 이야기를 지어내었나보다.

또한, 문학을 읽는다는 것에 대해 일평생 독일 문학과 괴테의 문학을 연구하시고 번역하신 전영애 교수님은 KBS「인생 다큐」에서 이런 말씀을 하셨다.

"문학을 읽는다는 것은 누군가의 옆에 가만히 서 있는 것 같아요.
그 마음을 알아주는 것이죠.
저 사람이 어디가 아프겠다.
이것을 안다는 건 어마어마한 감싸 안음이에요."

이 짧은 단편을 읽는 30분 동안 난 주인공 요카타 할머니의 인생을 살아보기도 했고, 그 옆에 서 있기도 했다. 주인공의 곁에 서서 '나도 모르게 혼잣말하고, 나도 모르게 한참 있다가 대답하게 되는 지경'인 그 나이 먹음과 나이 듦의 마음을 내가 아는 것이다. 젊은 날에 내가 그저 머리로만 알던 것과는 다르게 이젠 몸소 경험에서 알았고, 내 경험을 통해 소설 주인공의 곁에서 그 마음을 진심으로 알게 된 것이다.

　어느덧 중년이 된 내가 100세가 되기까지 얼마나 다양한 경험을 할지 궁금하다. 나는 그저 오래오래 가늘고 길게 살고 싶다. 또 요카타 할머니처럼 떠나온 고향을 늘 그리지만, 막상 가보지 않는 심정도 너무도 잘 알 것 같다. 더 살아가면 얼마나 더 깨닫는 게 많아질까? 얼마나 다른 이의 삶을 더 이해할 수 있을까? 또 얼마나 많은 이를 감싸 안을 수 있을지 죄다 궁금해서 장수하고 싶은 욕심이 생긴다. 요카타 할머니처럼 평범하지만, 가장 개인적인 삶에 역사의 흔적을 고스란히 남긴 그들처럼 나의 삶도 온갖 역사의 흔적이 남아 있겠지. 그리고 역사의 흔적이 곳곳에 남은 채 살아남은 보통의 존재들을 존경하지 않을 수 없다.

　18년 전 일본어를 처음 배우기 시작하면서 혼자 일본 여행을 떠났을 때, 일본인 친구가 내게 커피와 케이크를 사주었다. 그리고 내가 "오이시이"라고 했을 때, "요카타"라는 답을 들었다. 이 단편의 제목인 '요카타'는 일본 사람들이 많이 사용하는 '다행이다'라는 뜻이다. 소설을 읽으면서 내게 요카타는

젊고 아름다운 사람은 자연의 우연한 산물이지만,
늙고 아름다운 사람은 하나의 예술 작품이다.
- 엘레노어 루스벨트

"요카타 할머니, 질곡의 굴곡진 인생을 100세까지 살아계셔서 다행이야."라고 들리기도 하고, "우리 같은 보통의 존재들이 이렇게 평범하게 살아가고 있어 다행이다."라고 들리기도 한다.

언제나 문학은 나에게 참 즐겁다. 소설 속의 모든 장면도 내 마음대로 상상하고, 그 속의 주인공 마음도 내 마음대로 느끼고, 모든 사건도 내 멋대로 해석하고 깨닫게 된다. 정답이 없는 문학을 사랑하면서 내 인생도, 다른 이의 인생도, 우리 모두의 나이 먹음도 사랑하게 된다.

양윤희

09 키즈보호존

"건강한 의존성을 확장해 나가는 과정을 통해서만 우리는 관계에 눈 뜨고 삶을 배우는 어른이 될 수 있다."

- 『다가오는 말들』 중에서, 은유

글고운이 네 살 때였나 보다. 육아하느라 힘든 동생한테 격려차 언니가 집에 놀러 왔다. 호수 공원을 산책한 뒤 브런치라도 할까 하고 소문난 카페를 찾아갔다. 들어가려다 보니 '노키즈존'이다. 글고운이랑 함께 갈 수 없으니 다른 곳을 찾아야 했다. 언제부터인가 어린이는 못 들어가는 음식점이 생겨나기 시작했다. '노키즈존'이라는 이름을 달고 말이다. 위키백과에서 '노키즈존'을 검색해 보면 다음과 같이 나온다.

단언컨대 아이들은 미숙한 게 아니라 예민할 뿐이고,
어른들의 규범이 지배하는 사회에서 힘들게 살아가는 외국인일 뿐이다.

노키즈존(No Kids Zone)은 영유아 및 어린이의 입장을 금지하는 업소를 뜻한다. 노키즈존이라는 용어는 2014년부터 사용되었다. 그 이전에도 어린이의 출입을 금지하는 업장이 없지는 않았으나, 노키즈존이라는 이름을 달고 확산되어 2016년경부터 본격적으로 논란이 되었다. 2017년 대한민국 국가인권위원회가 한 이탈리아 음식점이 설정한 노키즈존에 대해 판단하며, 일률적으로 아동의 출입을 금지하지 않을 것을 해당 업장에 권고하기도 하였다. 2021년, 노키즈존 맵에 따르면 대한민국 내 약 420개 이상의 노키즈존이 존재하는 것으로 추정된다.

「위키백과」

노키즈존으로 설정한 음식점이나 카페를 가보니 2층이 있고 계단 난간이 조금 위험해 보이기는 했다. 카페 곳곳에 인테리어 소품들이 진열되어 있는데 아이들이 호기심으로 만질 확률이 높았다. 그런 것 말고는 조용히 있고 싶은 어른들의 권리를 침해하지 말기를 바라는 정도였다. 이외의 이유도 있을 수 있겠으나 어린이에게 방해받고 싶지 않다는 것이 요지인 듯하다. 이해는 되었지만 유쾌하지 않았다.

어린이는 세상에서 가장 귀한 보석이다
- 워싱턴 어빙

　우리는 누구나 다 어린이였고 식당이나 카페를 이용하며 살 았다. 그 어느 때도 '노키즈존'이라 출입을 금한다는 말을 듣 지 않았다. 아이가 운다거나 뛰어다닌다거나 식기류를 떨어 뜨린다거나 그런 문제들은 '어린이니까'라는 이유로 용인되 었다. 그렇게 이해받으며 자라온 어른들이, 이제 와 그걸 받아 줄 수 없다는 것이다. 같이 갔던 글고운이 어려서 '다른 곳으 로 가야겠다.' 하고 뒤돌아 나서긴 했지만, 아이가 조금이라 도 커서 '왜 아이는 갈 수 없어?'라고 물었으면 뭐라고 말을 해 줘야 할지….

　한 번은 친구들과 스파를 가려고 알아보던 중이었다. 시설 도 위치도 마음에 들었다. 예약할까 했는데 20~30대 젊은이 들이 많이 오는 곳이어서 40대 이상은 오지 않는 것이 좋을 거 라는 문구가 노골적으로 표시되어 있었다. 오지 말라는 이야 기다. 입장은 20~30대만 가능한 곳이었다. '그래 여기도 안 가면 되지…' 하면서도 씁쓸함은 어쩔 수 없었다. 앞으로 연 령대별로 출입이 제한되는 곳이 점점 늘어날 수도 있겠다 싶한 아이가 살아가는 데 필요한 건 타인의 돌봄이다.

었다. 예전에도 나이에 따라 출입이 가능한 곳과 불가능한 곳이 있긴 했다. 어린이와 청소년을 위해 유해환경을 차단하는 것이 목적으로 노키즈존과는 그 의미가 다르다. 배제당하며 자라왔으니 배제하며 살 수 있지 않겠는가. '노키즈존'이 '노40대존' '노50대존' '노60대존'으로 나아갈지도 모를 일이다.

여섯 살 찬누리와 함께 길을 걷다 카페에 들어가려고 했다. 곁에서 보기에도 조용한 카페여서 망설였는데 문 앞에 이런 푯말이 붙어 있었다. '키즈보호존'

'아! 이거지. 정말 원하고 바라는 건 아이를 보호해 달라는 거야. 이게 맞는 거지…'라고 내 안에서 외치고 있었다. 기분이 좋았다. 아이와 함께 있는 어른들에게 식당 주인이 바라는 것은 함께 있는 아이를 보호해 달라는 거다. 아이를 안전하게 보호함으로써 그 공간에 있는 모든 사람의 평안을 유지해 달라는 것이다. 그게 핵심이다. 그 카페를 이용하는 동안에 찬누리에게 여기는 조용히 차 마시고 이야기 나누는 곳이라고 말해 주었다. 너무 큰소리로 말하거나 뛰어다니는 것은 다른 사람에게 방해될 수 있으니, 우리도 맛있는 거 먹으면서 편안히 쉬자고 말이다. 찬누리도 분위기를 느꼈는지 평소보다 얌전했다. 아이와 맛있는 음료와 케이크를 먹으며 편안한 시간을 보낼 수 있었다. 찬누리가 깔깔거리며 웃기도 했지만, 어느 누구도 눈길을 주지 않았다.

『다가오는 말들』에서 은유 작가의 '노키즈존은 없다' 글을 읽으면서 지난날 나의 경험들이 새록새록 떠올랐다.

"인간 사회는 민폐 사슬이다. 인간은 나약하기에 사회성을 갖는다. 살자면 기대지 않을 수도 기댐을 안 받을 수도 없다."

살자면 기대지 않을 수도 기댐을 안 받을 수도 없다는 은유 작가의 말에 크게 공감했다.

사람이 갖는 사회성이라는 게 연령을 제한하고 배제하며 존재하는 건 아니지 않은가. 우리는 어린이, 청소년, 어른 모두 함께 어울려 지내야 하고 무엇보다 사회는 아이들을 기꺼이 품어야 한다. 어릴 때부터 함께 더불어 사는 삶의 경험이 인간관계를 배우고 삶을 배우는 어른으로 성장시키는 것이 아닐까.

오주화

10 우리들의 봄날이 생각나요

"향안(鄕岸)에게

나 지금 들어왔어요. 아까까지 먹었던 것이 금방 또 배가 고파요. 아이스박스를 열어보니 (이 아이스박스는 아주 조그만데 참 실속이 있어. 우리 이런 거라도 서울서 하나 가졌더라면) 핑크빛 포도 한 송이가 남아 있어요. 참, 포도를 보면 포도를 먹으면, 우리들의 파리가 생각나요. 1963년 11월 13일"

-『우리들의 파리가 생각나요』 중에서, 정현주

화가 김환기의 '추억 버튼'은 포도 한 송이였다. 작은 아이스박스에 남은 핑크빛 포도 한 송이를 보며 아내 향안에게 우리들의 파리가 생각난다고 이야기한다. 그들에게 파리는 우중충한 날씨와 경제적 어려움으로 춥고 힘들었지만, 예술에 대한

추억은 우리가 좋아하는 모든 것들이 저장되어 있는 곳이다.
– 시드니 해리스

이해와 공감을 바탕으로 서로 의지하며 꿈을 키우던 따뜻한 곳이었다. 뉴욕에서 홀로 새로운 도전을 준비하던 화가는 부인이 많이 보고 싶었다. 그런 그에게 부인과의 아름다운 추억을 떠올리게 한 것이 바로 포도 한 송이였다. 핑크빛 포도 한 송이는 화가에게 아름답고 따뜻했던 파리의 추억을 선물했다.

4월 중순 어느 날 어머니께서 갑자기 청주로 오신다고 하셨다. 지난주에 왔다 가셔서 무슨 일이 있는 것은 아닌지 걱정되었다. 퇴근 후 현관문을 열었더니 풋풋한 풀냄새가 가득했다. 저녁 반찬은 머위, 참나물, 돌나물, 취나물, 오가피나무 순 등의 봄나물과 쑥 된장국이었다. 아버지는 어머니와 함께 큰 그릇에 밥과 나물들을 섞으신 후 고추장과 참기름을 넣어 쓱쓱 비벼서 드셨고, 나는 따뜻한 하얀 쌀밥 한 숟가락과 봄 향기 가득한 나물을 먹었다. 어머니는 "봄나물을 먹어야 봄을 안 타."라고 말씀하시며 올해 고향 마당에 자유롭게 자라고 있는 봄나물을 자랑하셨다.

사람마다 아름다운 추억을 떠올리는 추억 버튼이 있다. 어떤 사람은 학창 시절의 음악을 들으며 풋풋하고 아름다웠던 사랑의 감정을 떠올리고, 여행지에서 먹었던 음식을 우연히 마주했을 때 그 당시의 풍경과 분위기를 떠올리며 행복을 느낀다. 그날 나의 추억 버튼은 어머니가 가지고 온 봄나물이었다.

청주에서 태어났지만 유년 시절을 보낸 곳은 추풍령이다. 이곳은 충청북도 남쪽 끝에 있는 면 소재지로 아주 작은 동네이지만 노래 가사에도 나오는 나름 유명한 곳이다. 어린 시절 동네 친구들과 주로 놀던 곳은 뒷산과 들판이었다(우리들의 핫플레이스는 장지현 장군 사당의 중간쯤에 있는 기념비였다). 학교에 갔다 와서 친구들이랑 노는 것은 하루의 가장 중요한 일과였다. 봄이면 봄이라는 이유로 이 산, 저 산 다니며 놀았고, 여름에는 여름이라는 이유로 냇가에서 수영하고 물고기를 잡으며 놀았다. 집에 있을 때는 오직 겨울뿐이다. 그당시 겨울은 손이 꽁꽁 얼 만큼 추워서 눈 오는 날을 제외하고는 대부분 안방 아랫목에 옹기종기 붙어 있었다. 그런 겨울의

끝을 알려주는 것이 매화꽃이다.

집이 산 중턱에 자리 잡고 있어 마루에 누워서 마당을 보면 높은 앞산이 보인다. 요즘 말로 산 뷰가 있는 집이다. 마루에 일어서서 마당을 보면 산 아래쪽 고속도로에서 차들이 바쁘게 다니는 모습이 보이고, 집에서 보이지는 않지만 기차 소리로 철길이 있음을 가끔 확인한다. 그 마당 한가운데를 차지한 것이 매화나무였고, 나무에 향기로운 하얀 꽃이 피면 봄이 시작된다.

매화꽃이 핀 후 보통 몇 번의 꽃샘추위를 지나 햇살이 따뜻해지면 앞산에서 투명한 분홍빛의 진달래꽃이 점을 찍으며 나타나고 나무들은 뿌리의 물을 끌어 모아 나뭇가지 끝에 붉은 기운과 초록 기운을 넣어둔다. 이렇게 봄맞이 준비가 완료되면 나뭇가지에 연두색 잎싹이 하나씩 나고, 아가의 까까머리에 머리카락이 자라는 것처럼 산도 매일 연두색 머리카락이 자란다. 높은 앞산이 귀엽게 느껴지는 시기이다. 그리고 마당의 봄나물 축제는 절정으로 향한다.

누구에게 다가가 봄이 되려면 내가 먼저 봄이 되어야지.
- 이해인

봄나물은 가지의 잎이 나오기 전에 먹기 시작하고, 새순이 돋고 자라서 큰 잎이 되면 먹을 수 없다. 큰 잎이 되면 줄기와 잎이 연하지 않고, 꽃이 펴서 반찬으로 적합하지 않다. 봄나물을 맛나게 먹을 수 있는 시기는 한정되어 있다. 예전에는 2월 말 냉이와 달래를 시작으로 하여 5월 초 두릅으로 끝났는데, 올해는 날씨가 따뜻해서 2월 초부터 시작해서 4월 말에 끝났다. 어머니는 봄이 빨리 가는 것이 아쉬워 더 늦기 전에 딸과 봄을 나누고 싶으셨는지도 모르겠다. 어렸을 때는 봄나물 특유의 쌉쌀한 맛과 독특한 향이 낯설었지만, 지금은 봄나물을 먹으면 입맛이 돌아 평소보다 밥을 조금 더 먹는다. 연하고 아삭한 봄나물이 나를 고향 집 마당으로 데려다 주었다. 게으르게 누워서 보았던 싱그러운 풍경과 친구들과 함께한 햇살 따뜻한 봄날이 그립다. 어머니의 봄 선물이 오래오래 계속되면 좋겠다.

"봄나물을 보면 봄나물을 먹으면, 우리들의 봄날이 생각나요."

봄나물을 보면 봄나물을 먹으면. 우리들의 봄날이 생각나요.

김지은

11 오르세 미술관에서

"한 번뿐인 인생을 사는 인간에게 맞서 변하지 않는 대상과 마주할 때의 경험은 강렬하다. 뛰어난 예술품 앞에서는 누구든 겸손해진다."

― 『심미안 수업』 중에서, 윤광준

"엄마, 기차역을 개조해서 만든 미술관이 있대. 거긴 기차도 전시할까?"

"기차는 못 봤던 것 같은데. 예전에 오르세 미술관에 갔었는데 엄마는 그림을 본 것만 기억나."

"그림?"

"응, 쇠라의 서커스"

미술에서는 다름이 중요하지 누가 더 나은가의 문제가 아니다.
다른 것을 맛보는 것이 예술이지 일등을 매기는 것이 예술이 아니다.
- 백남준

대학 다닐 때, 교양 강좌로 '서양 근대 미술사' 수업을 들은 적이 있다. 예술에 대한 막연한 동경이었는지, 어디 가서 그림 좀 안다는 말을 듣고픈 겉멋이었는지 모르겠지만, 무작정 수강 신청을 했다.

슬라이드 필름 환등기로 철컥철컥 그림을 넘겨 보며 교수님께서는 작품에 대한 설명과 당시 미술 전반의 사조와 분위기, 화가에 대해 이야기를 하셨다. 시간강사여서 다른 교수님과는 달리 우리와 같이 등교하고 하교하셨던 교수님은 항상 슬라이드를 가득 넣은 커다란 가방을 들고 다니셨다. 그래서 교수님의 걸음걸이는 눈에 더 띄었다. 교수님은 로트렉처럼 다리에 장애가 있는 분이셨다. 그래서 다른 누구보다 앙리 드 툴루즈 로트렉이란 화가의 작품과 그의 이야기를 오랫동안 하셨다. 암막을 친 컴컴한 강의실에서 슬라이드 환등기의 뿌옇지만 곧은 불빛과 철컥거리는 소리를 들으며 나는 로트렉과 교수님이 비슷하다고 생각했다. 장애를 가진 미술가라는 편견과 차별에 맞서 특이한 게 아니라 평범함으로 자신을 나타

내려고 하셨던 모습과 왠지 모르게 느껴지는 고독과 자유로
움으로 말이다. 그래서 로트렉과 다른 인상주의 화가들의 작
품이 많은 오르세 미술관을 꼭 가보고 싶었다.

　대학을 졸업하고 친구들과 같이 유럽 배낭여행을 가서, 나
는 프랑스 파리에 있는 오르세 미술관을 찾아갔다. 그렇게 대
학 시절에 봐왔던 서양 근대 미술 화가들을 나는 작품으로 만
날 수 있었다. 먼저 교수님한테서 많이 들어왔던 로트렉의 작
품을 찾으러 다녔다. 만나면 '이야기 많이 들었어요.' 반갑게
말을 걸고 싶었다. 그런데 내 발걸음을 멈추게 한 작품을 만났
으니.

조르주 쇠라 「서커스」
1891년. 캔버스에 유채. 185.5×152.5cm
쇠라의 마지막 작품으로 독립 작가 전시회에 미완성인 채로 출품

참으로 아름다운 것에 대한 감탄으로
내가 무엇을 좋아하는지 나만의 심미안을 가지게 된다.

처음 본 순간 먼저 노란색과 파란색 그리고 빨간색의 점들
로 이루어진 강렬함 때문에 눈을 뗄 수가 없었다. 사방 1.5m

가 넘는 그림 앞에서 나는 무엇에 홀린 듯 눈조차 깜박하지 못
하고 입은 벌어진 채로 작품에 빠져들었다. 그렇게 작품 앞에
서 꼼짝도 하지 않고 한참을 보는데 눈시울이 붉어졌다.

노란색과 파란색의 강렬한 보색 대비처럼 서로를 화려하게
만든 두 색깔 때문이었는지, 색을 섞지 않고 오로지 단색의 점
만으로도 명암과 질감을 표현함으로써 자신을 색깔을 그대로
간직한 채 조화를 추구했던 그 또렷한 순수한 색깔의 점 때문
이었는지, 심드렁하게 앉아 있는 관객 앞에서 최선을 다해 역
동적인 동작과 과한 웃음을 짓고 있는 곡예사의 상황 때문이
었는지 나는 눈물의 의미를 알지 못했다. 150년 전 쇠라는 무
엇을 표현하려 했을까? 그리고 150년 뒤 나는 무엇 때문에 이
그림을 보는데 눈물이 날까?

평균 70~80년을 살다가는 우리에게 150년 이상, 아니 앞으
로도 더 긴 세월 동안 꿋꿋하게 남아서 후대의 사람들에게 예
술적 경험을 주는 이 예술품 앞에서 우리는 겸손해질 수밖에
없다. 그리고 그 겸손함 때문에 더 강렬한 예술적 경험을 하게
된다. 참으로 아름다운 것에 대한 감탄으로 내가 무엇을 좋아

하는지 나만의 심미안을 가지게 된다.

로트렉의 그림이 다리가 불편했던 교수님에게 위안이 되었 듯이 쇠라의 「서커스」 역시 대학을 졸업하고 이제 막 세상에 던져진 내게 위안이 되었다. 그리 호락호락하지 않은 세상 속 에서 나는 여전히 잘 지내고 있다고 주위 사람들에게 유쾌하 게 웃어야 하는 내 마음 같았다. 그리고 자신의 특성을 그대로 나타내었지만, 작품 속에서 너무나 잘 어울렸던 빨갛고 파랗 고 노란 점처럼 나도 살고 싶었다. 이 강렬했던 경험은 20년 이 넘은 현재까지도 남아있다.

오르세 미술관에서 교수님에게 위안이 되었다던 로트렉의 그림을 찾던 나는 나에게 위안이 되는 그림을 찾았다. 그리고 내 아이도 오르세 미술관에서 엄마의 위안이 되었던 쇠라의 그 림을 찾다가 자신에게 위안이 되는 그림을 찾았으면 좋겠다.

"엄마는 오르세 미술관에서 쇠라의 서커스란 그림을 볼 때, 눈물이 났어."

"울어? 왜?"

눈물은 우리가 우리 자신을 이해하고 있는 증거이다.
- 존 그린

"글쎄, 왜 눈물이 났을까? 그림이 엄마에게 너무 힘들어하지 말라고 위로해 주었나 봐. 너도 나중에 오르세 미술관에 가 봐. 그리고 엄마에게 이야기 들었다고 인사 부탁해."

김진수

12 우리는 모두 우리 삶의 작가다

"모든 사람은 누구나 다른 사람에게 들려줄 수 있는 감동적인 이야기를 갖고 있다."

- 마이클 래비거

송숙희 작가의 『모닝 페이지로 자서전 쓰기』를 통해 더욱 글 쓰는 매력을 만나는 요즘이다.

'누구에게나 감동적인 이야기를 갖고 있다고?'

'과연 나에게 무슨 이야기가 있을까?' 기대하며 과거, 현재, 미래의 나를 만나기 위해 열심히 노력한다. 타이핑을 하기 위해 PC 앞에 앉았지만, 한글 문서만 켜놓고 딴짓을 하게 된다. 글을 쓰기 전 활동으로 무슨 절차가 그리 복잡한지. (나만 이

모든 사람은 누구나 다른 사람에게 들려줄 수 있는
감동적인 이야기를 갖고 있다.
– 마이클 래비거

런가?)

1. 이메일을 켠다. ⇒ 요즘 누가 이메일을 보낸다고.
2. 유튜브에 들어가 스포츠 하이라이트를 본다. ⇒ 보다 보면 자동으로 그와 연계된 영상들이 재생되어 또 보고 또 본다.
3. 블로그, 인스타, 페북 등 운용하고 있는 SNS에 들어가 새로운 소식이 없는지 탐색한다. ⇒ 이 3가지만 했는데도 벌써 시간이 30분은 훌쩍 지나간다.
4. 이제 쓰려고 하지만 잠시 머리를 식히기 위해 책을 펼쳐 놓고 10분 동안 독서를 한다.

   …

도대체 글은 언제 쓰는가. 감사하게도 『연금술사』 파울로 코엘료도 글을 쓰기 위해 여기저기 돌아다니는 것이 꼭 나를 보는 것 같다. 글쓰기 대가도 미루는 습관이 있기에 상대적인 안심이 되는 이유다.

책 쓰기란 당신의 삶에 다른 사람을 초대하는 것이다.
- 송숙희

"당연하지만 먼저 자리에 앉는다. 머릿속에는 꺼내야 할 책이 들어 있다. 하지만 미루기 시작한다. 아침에는 이메일과 뉴스 등 뭐든지 다 확인한다. 자리에 앉아 나 자신과 마주해야 하는 일을 조금이라도 미루기 위해서다. 3시간 동안 '아니야. 나중에. 나중에' 한다.

그러다가 어느 순간 나 자신에게 체면을 구기지 않기 위해 '자리에 앉아서 30분 동안 글을 쓰자' 생각하고 정말로 그렇게 한다. 물론 이 30분이 결국은 10시간 연속이 된다. 내가 책을 빨리 쓰는 이유도 멈출 수 없어서다.

하지만 나는 미루는 것 또한 멈출 수가 없다. 내 내면에 깊숙이 뿌리박힌 오래된 의식인지도 모르겠다. 서너 시간 동안 글을 쓰지 않는 데 대한 죄책감을 만끽해야 한다. 그래야만 글을 쓰기 시작할 수 있고, 쉬지 않고 쓴다."

-『타이탄의 도구들』 중에서, 팀 페리스

책을 읽다가 누군가의 삶과 연결되는 지점을 발견하는 재미가 있다. 그 지점을 포착하여 내 삶을 가져와 글을 쓴다. 결국 스토리는 이렇게 펼쳐진다. 다른 사람의 이야기가 아닌 오롯이 나만의 이야기를 연결하다 보니 한 문장, 두 문장… 한 페이지, 두 페이지가 채워진다.

책을 읽다가 누군가의 삶과 연결되는 지점을 발견하는 재미가 있다.
그 지점을 포착하여 내 삶을 가져와 글을 쓴다.
결국 스토리는 이렇게 펼쳐진다.

100이라는 총량이 있으면 25는 타인의 삶을 통해, 75는 자기 삶을 통해 스토리를 만들어 간다. 과거의 나, 오늘의 나, 미래의 나를 적절하게 소환하여 이야기를 조합한다. 그렇게 스토리를 하나씩 만들다 보면 또 다른 이야기가 완성된다. 글은 그렇게 탄생이 된다.

글을 쓰기 전까지는 전혀 몰랐던 세계다. 글이 나의 삶에 어떻게 접목이 되어 펼쳐질지 전혀 기대도 하지 않았다. 글과는 전혀 먼 세계를 살 것이기에. 그저 글은 작가 같은 글쟁이에게만 어울리는 것이기에. 최대한 글과 멀어지기 위해 대학 시절 체육과를 선택한 이유다. 도저히 내 머리로 논문을 쓸 자신이 없다고 해야 할까. 몸으로 때우는 것은 자신이 있었기에 당당하게 체.육.과를 지원해서 당.당.히(?) 졸업을 했다.

사회에 나와 30대 중반이 되어 막상 글이라는 것과 친하게 지내다 보니 그동안 내가 생각했던 '글'과는 전혀 달랐다. 친구를 만날 때도 점점 알아 가면 좋은 친구들이 있다. 볼매라고 한다. 보면 볼수록 매력덩어리! 글도 마찬가지 볼매의 일종이다. 아니 쓸매라고 하면 될까? 쓰면 쓸수록 매력이 철철 넘친다.

　거창하지 않다. 일상에서 내 생각을 만나는 그 지점이 바로 펜을 들 시기다. 요즘은 참으로 좋은 세상에 살고 있지 않은가. 생각의 속도를 펜이 따라갈 수는 없지만, 이렇게 키보드를 활용하니 생각 속도를 어느 정도는 따라갈 수 있는 용기가 생긴다.

　우리는 모두 우리 삶의 작가다.
　삶을 글로 쓴다.
　생각을 글로 쓴다.
　행동을 글로 쓴다.
　글로 쓰니 그 또한 삶이 된다.
　삶과 글은 어찌 보면 떼려야 뗄 수 없는 관계가 성립된다.

　나에게는 그런 부등호가 7년 동안 성립되고 있다.

우리는 모두 우리 삶의 작가다.

"삶=글"

그래서 "글 삶"이란 말을 좋아한다.

송숙희 작가의 『모닝 페이지로 자서전 쓰기』를 매년 재독한다. 첫 페이지부터 진도가 나가지 않는다. 생각의 접점을 만났기에 이렇게 생각을 꺼내는 중이다. 내 안에 있는 스토리가 어떤 모습으로 다른 이들과의 접점을 만들어낼지 기대가 된다. 그 기대는 다른 이에게 어떤 감동적인 스토리로 만나게 될까?

박영미

13 누군가의 덕분으로 살았지

"베란다에서 세상의 풍경을 바라본다. 또 간절한 마음이 된다. 한번
만 더 기회가 주어지면 얼마나 좋을까."

- 『아침의 피아노』 중에서, 김진영

『아침의 피아노』는 철학자 김진영의 애도 일기이다. 창밖으
로 세상의 풍경을 보며 그 속에 속하고 싶은 마음이 전달되어
가슴이 아리다. 책을 읽는 내내 동생 생각에 눈물이 멈추질 않
았다. 바로 아래 여동생은 직장암 선고를 받고 2년여를 힘들
게 투병하다 2016년 낙엽이 질 때 하늘나라로 갔다. 여동생
모습과 저자의 모습에서 삶을 향한 간절함이 느껴졌다. 고통
으로 허물어져 가는 동생에게 해줄 수 있는 게 없는 무력감에

내가 가진 것들이 있다면 그건 모두가 내 것이 아니라 그들의 것이다.

절망했던 시간들이 있었다. 동생은 매일 기도했었다.

"막내가 초등학교 졸업하는 것만 보게 해주세요."

"중학교 졸업하는 것만 보게 해주세요." 막내가 중학교 졸업하는 걸 보지 못했다.

동생이 간절히 원했던 삶, 이 세상 어디에선가 간절한 마음으로 평범한 일상을 꿈꾸고 있을 누군가를 생각하면 오늘, 하루를 살아갈 수 있음에 감사하다.

"나는 평생 누군가의 덕분으로 살았지 나 자신의 능력과 수고로 살지 않았다는 걸 스스로 너무 잘 안다. 갚아야 할 것들이 너무 많다. 내가 가진 것들이 있다면 그건 모두가 내 것이 아니라 그들의 것이다."

- 『아침의 피아노』 중에서, 김진영

온종일 핸드폰을 손에 들고 언니 전화를 기다렸다. 조직검사 결과가 나오는 날이다.

"왜 전화를 안 하지?", "결과가 안 좋은가?" 그러면서도 전화를 할 수 없었다. 동생을 먼저 떠나보낸 아픔이 있기에 겁이 났다.

베란다에서 세상의 풍경을 바라본다.
또 간절한 마음이 된다. 한 번만 더 기회가 주어지면 얼마나 좋을까.

점심을 같이 먹다가 언니 얼굴에 난 상처를 보고

"왜 그래?"

"글쎄, 좁쌀만 하게 나서 건드렸더니 상처가 낫지 않고 있어."

"병원 가 봐야지."

"동네 병원 갔더니 큰 병원 가서 검사 받아보라고 해서 대학 병원에 예약해 놨어."

그리고 조직검사를 했었다. 참고 참다가 다음날 전화를 했다.

"기저세포암이고, 수술하면 괜찮고 상처는 조금 남는데."

순간 안도의 눈물이 나왔다. 언니가 조직검사를 한다고 했을 때 인터넷에 검색해서 기저세포암에 대한 정보를 갖고 있던 나였다. 의사는 수술만 하면 괜찮다고 했는데 '암'이라는 단어로 혼란스러웠다고 한다.

상고를 나와 직장 생활을 했던 언니가 대학 진학을 지지해 주고 학비와 용돈을 보태 준 덕분에 졸업을 할 수 있었다. 고마운 마음을 가지고 있지만 표현하지 않았고 내가 이룬 것은 내 노력 덕분이라고 생각했다. 다섯 형제 중 셋째로 "나는 내

마음에는 봄바람이 불고 있다. 봄바람이 싹을 틔우고
나무가 되어 그늘을 만들어 주는 삶을 꿈꾼다.

가 알아서 컸다."라는 말을 쉽게 했다. 첫째이기에 받는 관심
도, 막내의 무한한 사랑도 셋째인 나에게는 오지 않았다고 생
각했기 때문이다.

동생을 먼저 떠나보내고 삶을 돌아보니 든든하게 버팀목이
되어 준 부모님, 대학 학비며 용돈을 보태 준 언니, 직장 다니
는 언니 힘들다며 김장김치에 반찬을 해준 동생, 많은 가족들
의 사랑이 있었다. 또한, 그동안 만났던 동료들과 함께한 삶이
었기에 젊은 날의 치열한 삶을 살아낼 힘이 있다. 누군가의
덕분으로 살았다는 걸 이제는 안다. 받은 것을 갚아야 하는 시
간이다. 받을 줄만 알던 사랑을 조금씩 베풀어 본다. 마음에
는 봄바람이 불고 있다. 봄바람이 싹을 틔우고 나무가 되어 그
늘을 만들어 주는 삶을 꿈꾼다.

만남이 있으면 헤어짐이 있듯 영원한 관계는 없다. 헤어짐
의 시간이 와도 충분히 "사랑하며 감사하며 살았다."라고 말
하고 싶다.

2부

성장과
내려놓음을
오가는 삶

위혜정

01 공짜의 순간들

"공중에 흩어지는 말을 붙잡아 두는 게 책이다. 흩어지는 말과 순간을, 의지를 잡아 놓는 게 글이다."

- 『문장과 순간』 중에서, 박웅현

아이의 등교 후, 알토란 같은 여백의 시간을 맞이한다. 글이 나를 목 터져라 부르는, 미치도록 글을 쓰고 싶은 날도 있다. 몇 번씩 읍소해야 겨우 고개를 내밀던 녀석이 애타게 기다렸다 먼저 날 끌어당긴다. 두서없이 툭툭 쏟아내는 마음 뭉치들을 글이 다 받아낸다. 여기저기 흩어진 사유의 파편들에 활자를 입혀 이리저리 굴리다 보면 찰진 의미가 틈새를 메운다. 어느덧 이음새를 갖춘 쫀득한 글 한 편이 가래떡처럼 쭉 뽑혀 나

누리는 공짜에 대한 도리, 행복감을 글망으로 가두리 치기

온다.

공짜 천지다. 널려 있는 공짜의 특수를 한껏 누리는 요즘, 당장 글로 잡아 두지 않으면 안 될 것 같다. 거세게 튀어 오른 행복감을 글 망으로 가두리 친다. 잠시라도 잡아 둘 요량으로 키보드에 불똥이 튄다. 누리는 공짜에 대한 손톱만큼의 사례이자 인생에 대한 최소의 도리이다.

간밤에 뇌를 제외한 모든 것이 셧다운된 몸, 그길로 툭 꺼지지 않고 아침이면 아무렇지 않게 생기를 찾는 것은 그야말로 기적이다. 각종 병원 기계를 꿰찬 채, 값비싼 의료비를 치르고도 유지할 수 없는 생체 리듬이 매일 공짜로 채워진다. 1년을 365일로 환산하면 대체 얼마인가?

멀쩡하게 인도를 걷다가도 만취한 운전자의 차에 치여 아이와 생이별해야 하는 처절한 어미의 눈물, 감히 상상도 할 수 없는 고통 값이다. 쌔근쌔근 잠든 내 아이를 바라보는 남은 자

공중에 흩어지는 말을 붙잡아 두는 게 책이다.
흩어지는 말과 순간을, 의지를 잡아 놓는 게 글이다.

의 소심한 안도는 값을 매길 수 없는 호사로움이다. 복리 이자
까지 쳐줘도 모자랄 판에 그저 공짜다.

　사시사철 뒷산에서 뿜어내는 산소 세례와 등산로도 모자라
운동 기구들까지 몽땅 무료다. 근력 운동으로 심장이 펌프질
되면 적혈구들의 맹렬한 순환으로 두둑하게 폐가 부풀어 오
른다. 돈을 내고 산소방을 찾는 이도 있다는데, 청구서 걱정
없이 이것도 매번 공짜다.

　봇물처럼 터지는 무료의 파동에 취한다. 누군가가 보내준
커피 쿠폰까지 웬 떡이람. 커피 한 잔을 테이크아웃 하는데 생
의 수면 위로 세 글자가 떠오른다, '공.짜.판.' 오늘 내 인생 자
체가 공짜 내음으로 진동한다. 세상에 공짜는 없다던데 이건
세상 것이 아닌가? 설마 여긴 천상? 둥실 떠오른 황홀감을 잽
싸게 끌어내린다. 아니, 알짜배기 공짜도 있는 법이지. '공짜'
를 초보처럼 '생짜'로 받으면 '알짜'가 된다. 아이들의 호기심
이 유별난 이유는 모두가 하나같이 인생 초짜들이기 때문이

어른들도 모두 한 번은 어린이였다
– 생텍쥐페리

리라.

공짜가 알짜가 되는 초짜 엄마의 진짜 마음 비법이 또르르 굴러든다. 한 살배기 학부모 시절을 아장거리는 이 마당에 인생 걸음마 한번 제대로 배워보고 싶다. 아이처럼 온몸으로 세상을 느끼며 기쁨과 환희로 생을 채우는 작업. 인생 바닥에 글자국까지 꾹꾹 남기면 공짜투성이 삶의 무게가 제법 묵직해질 것이다. 제대로 된 인생 판을 짤 수 있으리라는 기대감으로 오늘도 나는 바쁘게 자판을 두드린다.

김혜선

02 적정한 삶의 비결

　살다 보면 일이 잘 풀리지 않아 괜히 답답하고 화가 나는 날이 있다. 그날도 그런 날이었다. 내가 계획했던 일들이 조금씩 어긋나면서 마음은 분주한데, 또 새로운 일들이 계속 밀려와 정신없는 하루였다. 평소 계획한 대로 하루가 잘 굴러가고 있다는, 일상이 정돈된 느낌을 받을 때 큰 만족감을 느끼는 나에게 이런 하루는 괜스레 짜증이 솟구치는 날이다. 그러다 한 차례 일을 마치고 잠시 숨을 돌리려 근처 카페로 향했다. 날까지 더워 항상 걷던 길을 걷는데도 얼굴이 찌푸려졌다. 카페에 들어가자마자 시원한 아이스 아메리카노 하나를 시켰다. 별생각 없이 주문한 커피를 찾으러 간 나에게 카페 점원이 쿠키 하나를 건네며 살짝 쑥스러운 듯한 미소를 지었다.

"오늘 새로 만든 쿠키예요. 같이 드셔 보세요."

기대하지 않았던 한순간의 행운에 그날의 피로와 짜증이 순식간에 모두 가라앉았다. 가끔 내가 지금 어떤 감정을 느끼고 있는지조차 인식하지 못한 채 그저 무기력하고 답답한 순간이 있다. 그러나 그 순간에도 우연히 마주친 사소한 일상의 행운은 이처럼 남은 하루를 버티는 힘이 되어준다.

"어떤 일을 한 방향을 나아가게 하는 힘은 신념과 가치지만, 하루하루를 계속 이어가게 만드는 힘은 웃음에서 나온다."

— 『적정한 삶』 중에서, 김경일

가끔 좋은 책을 만나면 소장하고 싶은, 밑줄 그어 읽고 싶은 책이 생긴다. 이 책이 바로 그런 책이다. 강의 영상 속에서 보았던 김경일 교수님의 나긋나긋한 목소리와 청중을 몰입시키는 스토리텔링 능력은 책에서도 여실히 잘 드러난다. 무엇보다 어려운 학문적 용어보다는 일상적인 사례와 단어들을 이용해 누가 읽어도 쉽게 이해할 수 있도록 하였다. 그래서 마치

기억하자. 행복은 강도가 아니라 빈도라는 사실을

토크 콘서트에 온 듯한 느낌으로 책을 읽는 과정이 전혀 지루하지 않았다.

　그래서 난 이 책을 혼자 떠난 제주도 여행에 친구로 데려갔다. 혼자 떠나는 여행은 자유롭다는 점에서 아주 큰 장점을 갖고 있지만, 혼자 있는 시간이 너무나 충분해서 종종 누군가와의 대화가 사무치게 그리워지기도 한다. 그런 순간에 혼자 있는 시간을 가장 잘 보낼 수 있는 방법 중 하나는 바로 책을 읽는 것이다. 오랜만에 제주도까지 갔는데 학술 논문이나 전공 서적을 읽을 수는 없지 않은가? 그렇다고 소설책을 가져가기엔 등장인물들의 감정선과 이야기 흐름을 따라가며 읽는 것이 다소 부담이었다. 이런저런 조건을 다 따져보았을 때 『적정한 삶』은 제주도 여행의 좋은 파트너가 되기에 아주 적정(appropriate)했다. 이 책은 총 4개의 장으로 이루어져 있으며, 각 장은 또 여러 편의 작은 에피소드 형식의 글로 채워져 있다. 그래서 비행기 안에서, 잠깐 들른 카페에서, 저녁에 맥주 안주 삼아 부담 없이 책장을 술술 넘기기 좋은 그런 책이다. 책을 읽기 위해 시간을 낸다기보다는 남는 시간을 채우기에 좋은 책이다. 그리고 무엇보다 불안과 행복에 대한 이야기라 배울 점도 많은 데다가, 저자의 훌륭한 글솜씨 덕분에 문해력이 크게 요구되지 않는, 편하게 읽히는 책이다.

"기억하자. 행복은 강도가 아니라 빈도라는 사실을"

저자가 설명하는 행복은 '일확천금'과 같은 강렬한 한 방이 아닌 사소하더라도 확실히 좋았던 그 순간들에 더 가깝다. 몇 년 전 사회의 트렌드로 자리 잡았던 '소확행(소소하지만 확실한 행복)' 리스트들이 많을수록 좋다는 것이다. 내가 좋았다고 느꼈던 순간들을 통해 자신의 감정을 다스리고 앞으로의 새로운 행복을 찾을 수 있다. 자신의 소확행에는 무엇이 있는지 잘 알고 살펴보는 일은 인생의 윤활유가 되어 줄 것이다.

"낙관도, 감사도 습관이다."

책에서 낙천적인 사람은 타고나지만, 낙관성은 후천적으로 만들어지는 삶에 대한 마음가짐과 태도라고 설명한다. 긍정

낙관도, 감사도 습관이다.

적인 에너지를 내뿜는 사람들을 만나면 나 또한 그들과 함께 일하고 대화하는 그 과정에서 좋은 긍정 에너지를 받아 간다. 가끔은 그런 사람들을 그저 관찰하는 것만으로도 스스로 감화될 때가 있다. 지금도 종종 연락하는 친한 부장님 한 분이 바로 그런 분이다. 항상 얼굴에 미소를 머금고 콧노래가 절로 나올 것 같은 분위기를 풍기는 분이다. 그때 당시 정말 신기했던 점은 그분이 직장 생활에, 대학원 공부에, 아기 육아까지 신경 쓸 것이 한두 가지가 아니었다는 사실이다. 근데 그럼에도 항상 마주치면 씩 미소 지으며 "아, 오늘 너무 좋다!" 이렇게 말하곤 하셨다. 보통 그분과의 대화는 이런 식이었다.

"뭐가 그리 좋으세요? 안 힘드세요?"
"아이 괜찮아. 다 하면 되지! 근데 오늘 너무 좋지 않아?"

그냥 "괜찮다"라는 그 한마디가 마치 마법 주문처럼 들렸다. 그 말을 듣는 나마저 '그래. 괜찮아. 할 수 있어!'라는 용기를 갖게 되었다. 이처럼 낙관성을 품고 있는 사람은 주변까지

어떤 일을 한 방향을 나아가게 하는 힘은 신념과 가치지만,
하루하루를 계속 이어가게 만드는 힘은 웃음에서 나온다.

밝게 만들어 준다.

우리를 계속 나아가게 만드는 힘 또한 엄청나게 대단한 것
들은 아닐 수 있다. 자신의 감정을 알고 다스리는 것, 나 자신
에게 스스로 감탄이 나오는 일이 무엇인지 찾아보는 것, 나를
행복하게 해주는 소확행의 순간들, 낙관과 감사를 반복하는
것이 바로 '적정한 삶'의 비결이라 할 수 있다. 내 삶의 중심이
어느 한곳에 너무 치우쳐 넘어지지 않기 위해 오늘 한 번 나의
일상에서 시소한 행복의 순간들이 언제였는지 떠올려 보는
것은 어떨까. 엘리베이터를 잡고 기다려 준 이웃 주민의 배려,
라디오에서 흘러나온 내가 좋아하는 음악, 햇살 좋은 오후에
따뜻하게 잘 마른 빨래를 곱게 개는 일, 늦은 저녁 집에 들어
가는 길에 마주친 다코야키 트럭, 그리고 편의점 맥주! 이것들
이 나의 '적정한 삶'의 비결이라 할 수 있다.

임예원

03 성장과 내려놓음을 오가는 삶,
그러하기에 조화로운 삶

　고등학생 때 친하게 지내던 친구와 각기 다른 교육대학을 진학하면서 친구는 가끔 우리 과 사무실로 편지를 보내 오곤 했다. 물론 나도 답장을 그 친구의 대학으로 보내곤 했지만, 내가 보낸 편지는 잘 기억나진 않는다. 오늘날에는 우편으로 보내는 편지가 무척이나 생경하지만, 밀레니엄이 오기 전의 학번에서는 그것이 마음을 나누는 거의 유일한 방식이었다. 대학 1학년 때, 그 친구와 주고받은 편지가 우표를 붙여 우체통에 넣어 보내는 편지로는 거의 마지막이지 않았을까? 그 후로 그 친구와는 이메일이나 각종 메신저를 통해 서로의 안부를 물으며 지냈다. 오늘, 문득 그 마지막 편지의 내용 중 한 구절이 떠오른다.

어떤 폭풍도. 심지어 인생의 폭풍도 영원히 지속될 수 없습니다.
폭풍이 지나가고 있습니다.
- 이얀라 반잔트

"추신, 우리 이왕 사는 거 욕심내서 잘 살자!"

스무 살의 우린 욕심내서 잘살자는 마음을 나눴고, 서로 공
감하며 열심히 살려고 노력하는 청춘이었다.

우린 그 다짐대로 열심히 살았을 테고, 졸업하고 바로 임용
이 되어 초등 교사가 되었다. 이윽고 결혼도 하고 각자 아들도
낳고 딸도 낳고 아파트도 사고 점차 집의 평수도 늘렸다.

이 책의 저자는 우리보다 더욱 부유한 환경에서 나고 자랐
고, 더 좋은 대학에 들어가고 미국으로 유학가서 박사학위까
지 마친 분이다. 그런데 왜 숲속에 들어가 살게 되었고, 그러
한 삶은 어떨지 제목을 보고서 내내 궁금했다. 그래서 작가님
의 인스타그램 팔로우도 하고, 여러 지역의 도서관으로 북토
크를 다니시는 것도 보았다. 하지만『숲속의 자본주의자』책
을 이제야 읽게 되었다. 언젠가는 이 책을 읽겠다고 생각했고,
지금이 바로 그때라는 것을 직감적으로 알았나 보다. 성장에
지친 바로 지금, 그리 두껍지 않은 책을 나는 천천히 읽어 나
간다. 책을 읽다가 멈추며 내 삶을 돌아보기도 하고, 사람의

서들지 말라. 그러나 쉬지도 마라.
- 괴테

생(生) 자체가 무엇인지 자문하기도 했다. 그중에서 특히 이 문장들이 나를 멈춰 세웠다.

"좋은 엄마가 되어야겠다고 생각하지 않는다. 내가 생각한 '좋은 엄마'가 아이들에게도 좋을지 모르기 때문이다."

— 『숲속의 자본주의자』 중에서, 박혜윤

늘 좋은 엄마가 되어야 하고, 좋은 딸, 좋은 아내, 좋은 며느리, 좋은 선생님, 좋은 사람이 되어야 한다고 배웠다. 그렇게 스스로 좋은 사람이 되려고 자신을 채근했지만, 마흔 중반에서야 '나는 좋은 사람이 아닌데 좋은 사람이 되려고 하니 자신이 내내 만족스럽지 못하였구나'라는 생각이 들었다.

육아의 긴 터널을 지나고, 누구의 도움 없이 직장 생활도 해나가면서, 급기야 무기력증과 우울증이 왔다. 늘 도전 정신이 있던 내가 아무것도 하고 싶지 않았다. 그 과정을 겪고 나서야 선한 사람으로 보여야 하는 마음을 내려놓고 '있는 그대로의 나를 사랑까진 아니더라도 인정하자'고 위안했다. 그 과정에서 독서와 글쓰기에 매료되어 읽고 쓰고 생각하는 삶을 살자

그대들은 아이들에게 사랑은 줄 수 있지만,
그대들의 생각까지 줄 수는 없다.
- 칼릴 지브란

고 다짐하며 이불을 박차고 나오듯, 지하 100층에서 점프하며 지상으로 올라오듯, 무기력증과 우울증을 극복하게 되었다.

그런데 요즘 다시 잘하려는 마음이 앞섰다. 바로 글을 잘 쓰려고 하는 마음이 아무 글도 못 쓰게 되는 행동으로 나온 것이다. 내려놓기가 필요한 시점이 온 것이다.

우울증을 극복하고서 가장 먼저 한 것이 독서 모임에 참여하는 것이었다. 그중 두 개의 독서 모임을 꾸준히 하고 있다. 하나는 마치 디스토피아를 지향하고 인생의 디폴트 값이 우울이라고 생각하는 사람들과의 모임이다. "우리가 꼭 성장해야 해?", "모두가 결혼을 하고 자녀를 낳아야 하는 것인가?"라며 자기계발서보다는 인간 내면의 문제를 다룬 고전을 읽고 토론하거나 개인의 문제를 사회 구조적 문제로 접근하며 다양한 책을 읽는 독서 모임이다. 또 다른 한 모임은 교사 성장 모임이다. 모두가 책을 읽고 성장하며 서로를 응원해 주고 좋은 루틴을 공유하며 책도 출간하는, 말 그대로 자신을 경영하고 발전해 가는 모임이다.

두 모임 모두 월 2회의 정기 모임이 있다. 난 한 주는 있는 그대로의 삶을 지향하는 모임에, 또 한 주는 개인의 성장과 발전을 지향하는 모임에 참여한다. 마치 목욕탕에서 냉탕과 온탕을 오가듯이, 한 주는 미라클 모닝을 지양하고, 또 한 주는 미라클 모닝을 지향한다. 두 모임을 오가며 나는 우리의 문제가 개인의 문제라 생각하기도 하고, 한편으론 사회 구조적 문제라고 생각한다. 또 때로 성장하며 때로 내려놓기를 실천한다. 나는 이렇게 성장과 내려놓음을 오가는 삶을 살며, 그러하기에 조화로운 삶을 살고자 한다.

　　"인생은 그저 사는 것이지 '잘' 살아야 하는 숙제가 아니다. 아무도 '잘' 살 수가 없다."

　　나만의 속도로 천천히 이 책을 읽으며, 오늘도 '좋은'과 '잘'을 내려놓고자 한다.
　　"나는 좋은 엄마보다 그냥 엄마이고, 인생을 잘 사는 것보다는 그저 사는 것이다." 이 문장을 작게나마 외쳐 본다.

곽도경

04 아이의 공격 신호는
도와달라는 신호이다

모든 공격은 도와달라는 외침이다.

- 해리 팔머

지나 보면 알게 된다. 사춘기 딸아이의 공격적인 말투도, 지루할 정도로 반복되는 아내의 잔소리도, 토씨 하나를 빌미로 호통치는 상관의 눈초리도, 만날 때마다 속을 긁는 친구의 트집도, 모두 자기를 도와 달라는 구조 요청이라는 것을. 그 처절한 공격에 공격으로 대응하지 말자. 그냥 도와주자.

- 『인생의 정오에서 세상을 바라보다』 중에서, 서태옥

퇴근하고 집에 가는 지하철 안에서 책을 폈다. "모든 공격은 도와달라는 외침이다."라는 문구와 작가의 이야기를 만났다.

모든 공격은 도와달라는 외침이다.

아차 싶었다. 수업 시간 책을 펴지 않고, 아무것도 적지 않고 이상한 소리를 냈던 J가 실은 나를 공격한 게 아니라 나에게 도와달라는 구조 요청을 한 거였다. 그때 J 마음을 제대로 알 아주지 못했던 나 자신이 부끄러웠다. 도와주고 도전하는 쌤, 도도쌤이라는 필명을 제대로 사용하기엔 아직도 한참이나 부 족한 나였다.

J라는 우리 반 아이는 교실이 마냥 싫다. 학교 오면 집에 가 고 싶다고 몇 번이나 소리친다. 왜 집에 가고 싶냐고 물으니 집 에서 핸드폰을 마음껏 하고 싶다고만 그런다. 휴대전화 속 게 임 세상을 좋아하는 J는 교실이라는 현실이 재미가 없다. 선생 님과 친구들이 하는 진짜 말과 진짜 놀이에 집중을 잘 못한다.

특히나 그런 날이 있다. 이유 없이 선생님 말씀이 듣기 싫은 날이 있다. J에게 오늘은 그런 날이었던 게다. 수업 시간에 책 을 펴라고 해도 펴지 않았다. 적으라고 몇 번이나 그랬는데도 눈도 마주치지 않고 적지를 않았다. '아아아악', '아아아악' 거리며 이상한 소리를 수업 중간마다 내서 친구들과 수업을 방해했다. 평소 최대한 부드럽게 말하던 나도 오늘은 아이의 날선 공격에 날 선 공격으로 대응했다.

　나의 공격에 J도 가만히 있지 않았다. 반쯤 찬 페트병 물통을 사정없이 책상 모서리에 팍팍팍 내려쳤다. 페트병 속 수없이 많은 물방울이 사정없이 뒤엉켜 소용돌이치며 J의 마음과 내 마음을 어지럽게 만들었다. "페트병 넣어!"라고 날 선 공격을 아이에게 가했다. 아이가 씩씩거리며 페트병을 가방에 던져 넣었다. 아이와의 감정싸움에 수업도 제대로 되지 않아 다른 아이들에게도 미안했다.

　책을 펴지 않고 적지도 않았던 J의 행동은 선생님에게 '나 오늘 기분 좋지 않으니 내 맘 좀 다독여 주세요.'라고 도와달라는 마음속 요청이었는데 그걸 책을 읽으면서 뒤늦게 깨닫게 된다. '그때 그냥 J를 도와줬으면 그만이었을 텐데.' 하는 후회가 퇴근하고 집에 가는 지하철 안에서야 밀려온다.

이미 일어난 일은 첫 번째 화살.
그에 대한 나의 잘못된 반응은 두 번째 화살이다.

모두 자기를 도와 달라는 구조 요청이라는 것을. 그 처절한 공격에 공격으로 대응하지 말자. 그냥 도와주자.

다시 이 문구를 읽어 본다. 그리고 다시 J가 나에게 공격을 할 때 어떻게 해야 할지 머릿속으로 생각해 본다. 이러면 되겠다. J가 책을 펴지 않았을 때, J에게 다가가서 "오늘 뭐가 불편해? 왜 기분이 안 좋아?"라고 따뜻하게 말 한마디 하는 게 좋겠다. 그러면 J가 적어도 날 선 공격은 하지 않을 거라는 확신이 생긴다. J의 공격은 공격이 아니라 도와 달라는 구조 요청이기 때문이다.

아이에게 날 선 말을 했더니, 예전에 『엄마를 위한 미라클 모닝』의 저자 최정윤 선생님이 강의에서 언급했던 말이 떠오른다.

"**이미 일어난 일은 첫 번째 화살, 그에 대한 나의 잘못된 반응은 두 번째 화살이다.**"

J에게 두 번째 화살을 날린 셈이다. 뜨끔하다. 아이들을 사

남에게 화를 내는 것은 나를 알아 달라는 호소이다.

랑해야 하는 담임의 말과 행동이 아이에게는 화살이 되질 말자고 다짐해 본다. 아이의 공격에 공격으로 응수하는 것은 선생님이 되기에 아직도 수련이 많이 부족하다는 증거이기 때문이다. 다음에 J가 공격하면 그건 공격 신호가 아니라 도와 달라는 신호임을 잊지 말자. 그리고 그냥 도와주자. 상처받은 J에게 내일은 아침 인사로 따뜻하게 안아 줘야겠다. 내가 교실에 있는 건 아이들을 도와주기 위해 사랑해 주기 위해 있는 걸 명심하고 또 명심하자.

김혜경

05 공부의 진짜 목적은?

"왜 그렇게 열심히 공부해요? 주말인데 컴퓨터 앞에 왜 앉아 있어요?"

"아직도 배울 것이 남았나요? 눈 아플 텐데 책 그만 읽어도 되지 않아요?"라고 물으면, "재미있어요. 공부하는 시간이 좋아요. 새벽 5시 20분에 일어나 서재 책상에서 새벽 공기를 마시며 책을 읽고 글을 쓰는 것이 재미있어요. 퇴근 후 배우고 싶었던 주제의 강의를 듣는 것도 무척 즐거워요. 공부할 때 느껴지는 충만함도 좋구요."

나의 대답과 비슷한 생각을 한근태 작가님의 『고수의 학습법』에서 만났다.

새벽에 일어나 책을 읽고 글을 쓸 때 말할 수 없는 희열을 느낀다.

"첫째, 난 공부가 재미있다. 점점 재미가 커진다. 새벽에 일어나 책을 읽고 글을 쓸 때 말할 수 없는 희열을 느낀다. 내게 공부만큼 재미있는 일은 많지 않다."

　내년이면 칠순이 되는 엄마도 공부가 재미있다고 하신다. 어려운 가정 형편으로 초등학교를 졸업하지 못한 엄마는 올해 1월에 야학과 초등학교 입학을 알아보셨다. 야학은 집과 거리가 멀어 다니기 어렵고, 근처 초등학교에서 엄마의 입학은 수용하기 어렵다는 이야기를 들었다. 공부하고 싶어 하는 엄마를 위해 검정고시 인터넷 강의를 신청해 드렸다. 그녀는 새벽에 일어나 공부한다. 집 근처 한글 문해 강좌도 수강하고, 강좌 쉬는 시간에는 혼자 공부했던 내용 중 어려운 문제를 강사님께 물어보기도 한다고 한다. 전화 통화를 할 때면 눈이 침침하고, 공부한 내용이 다음 날이면 잘 기억이 나지 않아 힘들다고 하시기에 검정고시 공부는 하지 않으셔도 된다고 했지만, 엄마는 공부를 계속하고 싶다고 하셨다.

책 없는 방은 영혼 없는 육체와도 같다.
- 키케로

"공부하며 글을 읽으니 몰랐던 것을 알게 되는 재미를 느끼고, 나 스스로 자신감이 생긴다. 나 공부 계속할 거다. 올해 검정고시 못 따도 좋아. 공부하는 것이 그냥 재밌어."

칠순이 되는 엄마도 공부를 즐기고 계셨다.

왜 계속 공부하고 책을 보느냐고 물었을 때 나의 다른 대답은 공부하거나 책을 읽으면 내 마음이 채워지고 단단해짐을 느낀다고 대답한다. 『이토록 공부가 재미있어지는 순간』에서 박성혁 작가님의 문장을 보고 기뻤다.

"공부의 진짜 목적은 인생이란 마음의 힘으로 살아가는 것이고, 마음은 내가 키워줘야만 자랄 수 있는데 공부하는 지금이야말로 그 마음의 힘을 키울 수 있는 '절호의 기회'라는 데에 있습니다."

공부로 고군분투하는 고3 아들에게 힘내라는 말 대신에 김종원 작가의 블로그에서 「당신은 꼭 잘된다.」라는 글을 읽어 주었다.

지나온 당신의 공들인 시간이
당신의 근사한 내일을 약속하고 있으니까.

"결국, 지금 힘들다는 것은 끝이 얼마 남지 않았다는 증거다. 그리고 또 하나 '해야 하는 일'이라고 생각하지 말고, '내가 정말 하고 싶은 일'이라고 생각하자. 의무적으로 하는 일에는 포기가 있지만 좋아서 하는 일을 하면서는 힘들어도 웃으며 끝까지 가게 되니까. 당신은 꼭 잘된다. 지나온 당신의 공들인 시간이 당신의 근사한 내일을 약속하고 있으니까."

"엄마, 저는 요즘 동기 부여보다는 더 중요한 것이 있다고 생각해요?"

"그게 뭘까?"

"행동이요. 동기 부여를 아무리 해도 행동하지 않으면 이룰 수 없어요. 힘들어도 공부라는 것은 행동으로 실천해야 해요."

"맞아 맞아. 아들, 그래!"

공부를 대하는 단단한 마음을 아들에게 배운 날이다.

"당신의 인생에서 가장 후회되는 일은 무엇입니까?" 라는 질문에, 10대~40대 남녀, 50대 남자들의 1위 대답은 "공부 좀 할걸⋯⋯."이었다.

공부란 마음을 놓치지 않는 것이다.
사람답게 살고자 묻고 배우는 길을 가는 것이다.
— 정약용

'그래. 지나간 날을 후회 하지 말고 재미있는 공부를 계속 하자. 배우고자 하는 마음만 있으면 언제든 공부할 수 있는 평생학습 시대에 살고 있으니 내겐 행운이야.'

공부의 재미를 계속 느끼고 마음을 키워 더욱 단단해진 마음을 가진 나 자신을 만나기를 소망한다. 공부를 통해 '세상을 살아갈 힘'을 얻고, 나의 '마음의 힘'을 성장시키기 위해 오늘도 공부한다.

양윤희

06 내가 품을 한 단어

> "겐샤이, 누군가를 대할 때 그가 스스로를 작고 하찮은 존재로 느끼
> 도록 대해서는 안 된다는 의미입니다."
>
> - 『겐샤이』 중에서, 케빈 홀

말의 힘을 믿는다. 말은 행동을 낳는다. 내가 하는 말은 내가 할 행동에 영향을 주므로 말을 신중히 한다. 하나의 단어가 삶을 바꾸기도 한다. 내 삶의 한 단어, 그 단어는 내 삶에 관여하며 나를 만들어 간다.

'겐샤이' 이 단어가 눈에 들어왔다. 겐샤이는 누군가를 대할 때 그가 스스로를 작고 하찮은 존재로 느끼도록 대해서는 안

단어는 삶의 길을 비추는 고유의 힘을 가지고 있다.

된다는 뜻이다. 어느 사람도 작은 존재로 대해서는 안 된다. 자기 자신을 포함해, 나 자신을 대하는 방식은 내가 세상을 바라보는 방식에 그대로 반영된다.」 사람을 귀하게 대해야 한다는 말을 많이 듣고 자랐다. 실제로 귀하지 않은 사람은 없지만, 내가 만나는 모든 사람을 귀하게 대했는지 돌아보게 된다. 특히, 나는 교사로 많은 어린이를 만난다. 내가 만나는 아이들에게 "너희는 이 세상에 하나뿐인 소중한 존재야. 그러니 자기 자신을 많이 아끼고 사랑해야 해."라고 말하기는 했다. 하지만 불현듯 학생들이 자신을 작고 하찮게 여기게 하지는 않았나 걱정이 스친다.

「더 헬프」라는 영화가 있다. 1963년 미국 남부가 배경이고 흑인이 차별받던 시기다. 에이빌린이라는 흑인 가정부가 있다. 백인의 집에서 집안일을 하고 백인 아이를 돌봐 주는 일을 한다. 에이빌린은 백인 주인과 화장실을 같이 쓸 수 없고, 갖은 수난을 당해도 묵묵히 자기 일을 한다. 백인 주인은 자기 딸을 에이빌린에게 맡기고 자기는 친구들과 수다를 떨거나 파티를 즐긴다. 딸이 엄마를 찾아도 딸에겐 시간을 주지 않는다. 딸을 돌볼 사람은 흑인 가정부니까. 에이 빌린은 엄마에게 거부당한 백인 여자아이를 다정하게 토닥이며 이렇게 말한다.

"You is kind, you is smart, you is important."
(너는 친절하고, 영리하고, 중요한 아이야.)

이 대목을 보면서 마음이 찡했다. 이 말은 엄마로부터 외면당한 아이의 마음을 환기하고, 아이가 얼마나 소중한 존재인지를 느끼게 한다. 누군가 나를 인정해 주고 믿어 주고 사랑해 주는 것이 얼마나 큰 힘이 되는가를 알게 되는 순간이었다. 에이 빌린의 지혜와 사랑이 느껴진다. 에이 빌린은 흑인 가정부로 차별과 업신여김 속에 지냈지만, 그 누구도 작은 존재로 대하지 않았다. 에이 빌린은 자신이 소중한 존재임을 알았고, 자신이 만나는 사람들을 모두 소중히 대했다.

대학 친구들과 함께 과제를 하고 있었다. 옷에 음료수를 쏟

내가 나 자신을 대하는 방식으로 세상이 나를 대한다.

는 바람에 옷을 갈아입어야 했다. 그때 친구가 "너는 예쁘니까 내 옷 중에 제일 예쁜 옷으로 골라 줘야겠다."라고 말하며 자기의 옷을 내주었다. 옷만 빌려줘도 고마운데 말까지 예쁘게 해 주니까 정말 고마웠다.

학교 선배와 여행을 가기 전, 새벽에 일찍 출발하려고 선배 집에서 하룻밤을 같이 잤다. 선배는 오리털 이불을 꺼내 쾌적하게 잠자리를 마련해 주었다. 우리 집에서 편안하게 잘 자라고 특별히 새 이불을 꺼냈다고 했다. 역시 감사했고 기분 좋은 추억으로 남아 있다. 나와 함께 있는 사람을 귀하게 대하는 모습을 몸소 느끼고 배웠다.

사람을 귀하게 여겨야 한다는 말을 많이 듣고 자랐고, 실천하려 노력했다. 다른 사람은 귀하게 여기는데 자기 자신은 어떻게 대하고 있는가? 자기 자신에게 어떤 말을 자주 하는가? 잘한 것은 당연하고 잘못한 것은 심하게 질책하지는 않았는지. 내가 그랬다. 잘하는 건 당연하고 잘하지 못할 때는 나 자신에게 모진 말도 쉽게 했다. 겸손과는 다른 의미로 나 자신을 하나의 단어가 삶을 바꿀 수 있다. 단어들은 비밀번호와 같다.

작게 여겼다. 나 자신을 비난하거나 질책했다.

내가 나를 경멸하고 무시하면, 내가 다른 사람을 대하는 방식에 그대로 반영된다고 한다. 이 말을 마음에 새긴다. 다른 사람을 귀하게 대하려면 우선 나 자신에게도 자비로워야 하고, 나 자신에게도 셀프 격려가 필요하다.

오늘날 교육 현장에는 사기가 저하된 교사들이 많다. 학교생활이 녹록지 않다. 그래도 사명감으로 열과 성을 다하는 선생님들이 많이 있다. '겐샤이'란 단어를 선물하고 싶다.

"선생님, 당신의 삶에서 멋지고 의미 있는 일들을 해내고 계십니다. 자신을 더욱 아끼고 사랑해 주세요. 당신을 바라보는 방식으로 학생도 바라볼 수 있습니다. 겐샤이!"

변승현

07 경험을 통해
이제야 비로소 보입니다

대학을 갓 졸업하고 사회를 나아갔을 때의 모습이 떠오른
다. 해보는 대부분의 것이 처음. 그래서 어렵고 힘들었던 그
시절. 하지만 지금 그때를 돌이켜 보면 '참 아등바등 하루하
루를 열심히 살려고 노력했었구나!' 라는 생각이 든다. 조금
더 어른이 되어 이제야 비로소 보이는 것, 그 이야기를 시작하
려 한다.

**"책을 읽고 여행을 떠나 자신의 세계를 확장하고 세상을 경험해
야 비로소 내가 온몸으로 안다고 말할 수 있는 것이 생깁니다."**

- 『어른이 되어보니 보이는 것들』 중에서, 고이케 가즈오

나의 세계가 넓다는 것은 살아가면서 큰 이점이 됩니다.
일상의 사소한 일부터 커다란 일까지 무언가에 꽉 막혔을 때
도망갈 곳이 여러 곳에 있다는 것입니다. - 코이케 가즈오

초등학교 시절부터 대학교 시절까지의 생활 반경은 '학교-집-학교-집'이었다. 학생 시절에는 학업과 금전적인 문제로 생활 반경에 제한이 있었다. 그래서 어떤 집단에 가면 안 그래도 말수가 적은데 경험까지 없으니 대화에 즐겁게 참여하기가 어려웠다. 세상은 넓고 넓지만, 그에 비해 세상에 대한 경험이 부족하다는 생각이 들었다. 그래서 직장인이 되어 시간적, 경제적 여유가 생긴 이후, 새로운 경험을 할 수 있는 기회가 생기면 망설임 없이 밖으로 나갔다.

"내가 원하는 모습으로 살아가기 위해서는 강한 의지가 필요합니다. 그 강한 의지를 지속시키는 것은 무언가에 대한 정열입니다. 하지만 정열은 일정 시기가 되었다고 해서 '자, 이제 좋아하는 일을 하자!' 하고 갑자기 솟아오르는 것은 아닙니다. 정열은 젊었을 때부터 쌓아온 즐거움에 집중한 경험에 의한 것입니다."

단순하게 '해보고 싶다.'라는 생각 하나로 경험을 쌓기 위해 떠났고, 그렇게 조금씩 조금씩 나만의 인생을 그려 나갔다. 낯선 장소에서의 새 경험은 늘 짜릿했다. 하지만 시간이 지나고

돌이켜 생각해 보니 실패했든 창피했든 작든
어떤 경험 하나 쓸모없는 것이 없다는 것을 깨닫게 되었다.

보니 내가 어떤 목적으로 열심히 경험을 지향하는지 의문이
들었다. 시간과 돈을 투자해서 이토록 경험을 추구하는 이유
는 무엇일까?

경험하기 전과 후를 비교해 보니 여러 변화가 있음을 발견
하게 되었다. 경험의 양이 늘어남에 따라 나의 삶을 스스로 만
들어 나가고 경험에 몰입하며 굉장한 만족감을 느꼈다. 또한,
다양한 곳에서의 경험을 융합하여 일상에 적용함으로써 하루
하루가 다채로워짐을 느끼게 되었고, 어느새 내면이 단단한
사람으로 성장해 있었다.

돌이켜 생각해 보니 실패했든 창피했든 작든 어떤 경험 하
나 쓸모없는 것이 없다는 것을 깨닫게 되었다. 그래서 나의 인
생을 경험을 중점으로 만들어 나가기로 다짐했다.

"바로 이런 경험들이 쌓이고 쌓여 나이가 들어 기력이 쇠했을 때
회복할 수 있는 계기가 되는 것입니다. '뭔가 재미있는 일 없을까?'
하고 '기다리는 노인'이 되어서는 안 됩니다. '뭔가 재미있는 일 없
을까?' 하고 '찾아 나서는 노인'이 되어야 합니다."

다양한 경험을 통해 이제야 내가 세상을 알아가고 있다는 것을 실감한다. 지금도 이렇게 재미있는 나의 인생인데, 더 많은 경험이 축적되었을 때는 또 얼마나 재미있을까? 나의 인생 목표는 '나이가 들어도 계속해서 재미있는 일을 찾는 사람'이 되었다. 사랑스럽고 아름다운 일상 경험들을 꾹꾹 담으면 인생은 얼마나 오색찬란할까. 앞으로도 다채로운 경험을 쌓으며 내 인생을 꾸려 나가려 한다.

윤미경

08 침대를 정리하라

6학년인 둘째 아이의 담임 선생님이 어버이날을 맞아 숙제를 내주셨다. 부모님-자녀 이해 능력 시험이었다. 아이는 나에게 부모용 시험지 한 장을 내밀고, 자신은 자녀용 시험지를 한 장 챙겨 10분 후에 만나자며 자신의 방으로 갔다. 잠시 후 거실에서 만난 우리는 서로의 답을 살펴보다가 한 문항에서 빵하고 터져 버렸다. 자녀용 문제는 이러했다. "자유롭게 내 방에서 한가로운 시간을 보내던 주말 저녁! 부모님께서 내 방을 한번 둘러보시더니 어떻게 말했을까요?" 아들의 답은 "잠바 옷걸이에 잘 걸고, 방 치워라."라고 적혀 있었다. 한편 부모용 문제는 다음과 같았다. "마지막으로 우리 자녀에게 전하고 싶은 말은?" 나의 답은 "준아, 자기 주변 정리를 우선으로 하면 다른 무엇도 다 열심히 잘할 수 있어."라고 쓰여 있었다.
나 자신도 인식하지 못하고 있었는데 나는 정리 정돈을 엄청
나게 강조하는 사람이었다.

아침에 일어나 귀찮음을 떨치고 침대를 정리한다.
사소한 일이지만 나는 하루의 시작부터 이겨냈다.

첫 번째에서 이겼다면 두 번째에서도 이길 것이고,
그렇게 이겨낸 경험이 쌓이면 승리는 습관이 될 것이다.
- 『다산의 마지막 습관』 중에서, 조윤제

『다산의 마지막 습관』을 읽다가 「세상을 바꾸고 싶다면 책
상부터 정리해라」라는 제목의 글을 만난 순간 지원군을 만난
느낌이었다.

"아들, 이것 봐. 정약용 선생님도 이렇게 정리 정돈을 강조
하잖아."

가장 훌륭한 벗은 가장 좋은 책이다.
 - 체스터필드

중학생 첫째가 자신의 가방을 뒤지지 말라는 신신당부에도 불구하고, 하지 말라면 더 하고 싶은 법이라 청소하는 척하며 책가방 주변을 어슬렁거렸다. 열린 지퍼 사이로 삐져나온 수북하고 귀퉁이가 너덜너덜해진 학습지 더미에 기겁했다. 호흡을 가다듬고 "엄마가 정리 정돈법을 알려줄게. 먼저 너 스스로 학습지 정리해 봐."라고 기회를 주었다. 혹시나 했던 마음은 틀리지 않았다. 어른의 도움이 필요했다.

『고수의 학습법』에서 한근태 작가는 정리와 정돈의 개념을 구분해서 사용하고 있다. '정돈'은 어지럽게 흩어진 것을 가지런히 정리하는 것이므로 대신 누군가가 해줄 수 있다. 반면 '정리'는 체계적으로 분류하고 종합하여 질서 있는 상태가 되게 하는 것이어서 오직 당사자만이 할 수 있다. 우리 첫째 아이는 '정돈'만을 하고 잘 정리했다며 의기양양해 있었다. 난 학습지를 다 꺼내어 과목별로 분류하고, 각각 날짜 순서대로 쫄대파일에 '정리'하게 했다. 앞으로는 제발 스스로 할 수 있길 바랄 뿐이다.

머털이가 누덕 도사님에게 수련을 배우러 갔는데 왜 그리 허드렛일만 시켰는지, 중국집 주방장에게 수타면 비법을 배우러 가면 왜 그리 청소와 설거지만 시키는지…. 고수들에게는 다 이유가 있었다. 자신의 주변을 정리할 줄 아는 습관을 지닌 사람만이 다음 스텝을 밟을 수 있기 때문이다.

"아들아, 아침에 일어나서 이부자리를 정리하는 것, 공부하기 전에 책상 정리하고 공부를 시작하는 것, 자기 전에 다음 날 학교 책가방을 싸며 준비하는 것, 사소한 것이지만 우리 단순한 것부터 시작해 보자."라고 강조하고 싶다. 그 전에 생활 속에서 부모 먼저 행동으로 보여 줘야 함도 알고 있다.

아이들에게 흉잡힐라, 출근하다 뒤돌아 내 침대를 다시 한 번 확인한다. 이부자리 정리 끝!!

박경신

09 질문, 그 놀라운 힘에 대하여

"진정한 성공이라고 우리를 속이고 있는 숱한 유혹에 속지 않고, 자기 일을 찾아 뚜벅뚜벅 걸어가는 삶을 살아보고 싶습니다. '죽을 것 같은 일'을 하고 있는지 '죽어도 좋을 일'을 하고 있는지 헷갈리고 있다면, 묻고 싶습니다. 당신은 어떤 일을 하면서 살고 계신가요, 지금?"

― 『질문하는 사람』 중에서, 김영서

'오늘 저녁은 뭐 먹을까?'

'오늘 날씨는 어때?'

'넌 어떤 색을 좋아해?'

'나의 강점은 무엇인가?'

질문은 새로운 발견의 열쇠다.
- 독일 속담

　질문의 사전적 정의는 "알고자 하는 바를 얻기 위한 물음"이다. 우리는 하루에도 수많은 질문을 하며 살아간다. 그날의 상황에 따라, 대상에 따라, 의도에 따라 질문은 달라진다. 사전적 정의처럼 정말 궁금한 것을 알아내기 위한 질문보다는, 상대방을 내 의도대로 움직이려 하거나 책망 혹은 질타하기 위해 질문이라는 형식을 취하는 경우도 많다.

　질문은 알고자 하는 바를 얻기 위해서 하는 것이어서 그런지 대부분 질문을 하거나 받는 동시에 답을 찾기 시작한다고 한다. 그래서 좋은 질문은 삶의 질을 높여 주고 관계를 회복시키기도 하며 학문을 깊이 있게 하기도 한다.

　나는 주로 어떤 질문을 하는지 생각해 보았다.
　'지금 이대로 괜찮은가?
　'지금 내가 왜 불편한 마음이 들지?
　'내 기분은 어떻지?
　'나는 왜 이 상황이 힘들지?

가장 중요한 것은 질문을 멈추지 않는 것이다.
- 아인슈타인

'나는 앞으로 무엇을 하고 싶지?'
'내가 진짜 원하는 건 뭐지?' 등등.

언젠가부터 나에게 하는 질문이 많아졌다. 하지만 이런 질문을 하기 시작한 것은 그리 오래되지 않았다. 그전까지는 다른 사람들의 기분을 살피거나, 내가 실수하거나 잘못한 것은 없는지에 대한 질문들이었다. 남이 나를 어떻게 생각하고 평가하는지를 묻는 것이었기에 이런 질문들은 나를 움츠러들게 했고 편안하지 못하게 만들었으며 마음을 아프게 했다. 무엇보다 이런 질문으로는 내가 성장하지 않았다. 수업 시간에 아이들에게 하는 질문조차 깊이가 다른데, 삶을 두고 하는 질문은 말해 무엇 하랴?

질문은 주로 남에게 하고, 학업의 상황 등 필요한 상황에서 하게 된다. 답을 찾게 만들고 지금보다 나아질 수 있게 만드는 것, 이제 그 질문을 나에게로 돌려 보자.

나에게 하는 질문들은 나를 돌아보게 하고 성장하게 한다. 때로는 아프기도 했지만 그 아픔은 고통을 주기만 하는 것이 아니었다. 한 발짝 더 나아가기 위한 고통이기에 아픔을 견디는 순간에도 뿌듯했다. 물론 모든 질문에 답을 찾을 수 있는 것은 아니었다. 가끔은 답을 찾기 어려울 때도 있었다. 그럴 때 나는 답을 찾기에 분주하고 조급했었다. 아무리 고민해도 답이 찾아지지 않아 안타까울 때도 많았다.

그 당시에는 답을 찾아야 한다는 마음에 계속 붙들고 고민했었지만, 돌이켜보니 답이 잘 찾아지지 않을 때는 그냥 그대로 잠깐 뒤도 좋을 것 같다. 살아가면서, 사람들과 부대끼며 지내다 보면 난 점점 성장할 테고 그때 다시 꺼내 보면 생각보다 쉽게 답을 찾을 수도 있으리라. 이것은 마치 고등학생이 되면 초등학교 때의 문제들은 쉽게 풀리는 것과 비슷한 것 같다. 혹 답을 찾지 못하면 또 어떤가? 어차피 삶은 계속되고, 그것이 내 발목을 잡고 나아가지 못하게 하는 것만 아니라면 한쪽에 두고 동행하는 것도 좋으리라.

질문으로 파고드는 사람은 이미 그 문제의 해답은 반쯤 얻은 것과 같다.

－ 프랜시스 베이컨

　이런 질문과 그 답을 찾아가려는 노력은 나를 이해하게 만들고, 나를 이해하게 되면 타인도 더 잘 이해하게 되어 관계를 좋게 만들 것이다. 그리고 나의 삶도 더 풍성하고 편안하게 만들어 줄 것이다.

　이제 이 세상에서 제일 소중한 존재인 나에게 질문을 던져 보면 어떨까?

　그리고 힘써 답을 찾아가 보면 어떨까?

유영미

10 기본값 좋아하지 마라

몸에 병이 없기를 바라지 마라.

세상살이에 곤란함이 없기를 바라지 마라.

공부하는데 마음에 장애가 없기를 바라지 마라.

수행하는데 마 없기를 바라지 마라.

일을 꾀하되 쉽게 되기를 바라지 마라.

친구를 사귀되 내가 이롭기를 바라지 마라.

남이 내 뜻대로 순종해 주기를 바라지 마라.

공덕을 베풀려면 과보를 바라지 마라.

이익을 분에 넘치게 바라지 마라.

억울함을 당해서 밝히려고 하지 마라.

- 『여덟 단어』 '보왕삼매론' 중에서, 박웅현

글 쓰는데 키보드가 저절로 두드려지기를 바라지 마라.

한 줄 한 줄이 가슴에 와서 꽂힌다.

몸에 병이 없는 것을 기본값으로 두고 작은 병에도 불안함을 느꼈다.

세상살이에 곤란함이 없는 것을 기본값으로 두고 곤란해지면 불평부터 시작했다.

공부하는데 마음에 장애가 없는 것을 기본값으로 두고 공부에 소질이 없다며 포기했다.

수행하는데 마(魔) 없는 것을 기본값으로 두고 깊이 생각하는 일을 포기했다.

일이 쉽게 되는 것을 기본값으로 두고 일이 어려워질 때 짜증부터 냈다.

친구를 통해 내가 이롭게 되는 것을 기본값으로 두고 조금의 손해에도 불편해했다.

남이 내 뜻대로 순종하는 것을 기본값으로 두고 순종하지 않는 자를 탓하고 미워했다.

공덕을 베풀면 보상이 돌아오는 것을 기본값으로 두고 무소식인 세상을 향해 분노했다.

이익이 분에 넘치게 돌아오는 것을 기본값으로 두고 작은 이익에 감사하지 못했다.

억울함을 밝히는 것을 기본값으로 두고 매일 억울함을 떠올리면서 더 키웠다.

이렇게 살았던 내 모습이 선명하게 보였다. 세상에 공짜는 없다는 어른들의 말씀이 딱 맞았다. 냉정하게 말하면 기본값도 없다는 것이었다. 기본값을 만들어 놓고 그게 왜 안 되냐고 떼쓰고 있었던 내 모습을 발견했다. 정말 어린 아이가 따로 없었다.

몸에 병이 생길 수 있고, 세상살이에는 언제나 곤란한 일이 생긴다. 공부하는데 마음에 장애가 생기고, 수행하는데 어려움도 온다. 준비한 일이 쉽게 되지 않을 수도 있고, 친구에게 내가 다 퍼 줘야(?) 하는 상황도 생긴다. 남이 내 뜻과 달리 행동할 수 있고, 베푼 공덕이 흔적도 없이 사라질 수도 있다. 지

뒷걸음치기엔 주변인들이 알아버려서 창피하고,
전진하기엔 몸이 고장 난 듯 말을 듣지 않았다.

루할 정도로 작은 이익만 반복적으로 만날 수 있고, 억울함을
꼭 밝히지 않아도 된다. 그리고 여기에 마지막 한 문장을 덧붙
여 보았다.

"글 쓰는데 키보드가 저절로 두드려지기를 바라지 마라."

누군가 내게 그동안 살아오면서 가장 힘든 일이 무엇이냐고
묻는다면 나는 주저 없이 '글쓰기'라고 답할 것이다. 살다 보
니 가까운 지인들이 하나둘씩 출간 소식을 알려 왔다. 평소에
책을 읽지 않고, 일기조차 쓰지 않는 주제에 덜컥 글쓰기에 욕
심이 났다. 겁 없이 달려들었다. 힘들긴 하겠지만 뭐 죽기야
하겠냐는 호기로운 마음으로 시작했다. 앗! 죽도록(?) 써야 하
는 일임을 시작하고 나서 알게 되었다. 뒷걸음치기엔 주변인
들이 알아버려서 창피하고, 전진하기엔 몸이 고장 난 듯 말을
듣지 않았다. 뇌에서 글을 쓰라는 명령을 내리면 내릴수록 몸
은 더 강렬하게 눕고 또 누웠다. 이토록 강렬한 뇌와 몸의 불
일치는 고3 시절 이후에 처음 겪는 일이었다. 끙끙대며 온종

세상에서 가장 정직한 결과를 내는 일은 글쓰기인 것 같다.

일 침대가 꺼지도록 비비적거리고 있었는데 갑자기 웃음이
나왔다. '누가 시킨 일도 아닌데 난 왜 이러고 있나. 이럴 바에
는 그냥 한 편 쓰고 눕는 게 낫겠다.' 거짓말처럼 각성된 몸을
이끌고 컴퓨터 앞에 앉았다. 본체를 켜고 한글 프로그램을 열
었다. 깜빡이는 커서를 보니 또 한숨이 나왔다. 마지막 각성
을 불태우고 겨우 앉았는데 쓸 말이 없다. 또 죽을 맛이다.

이런 경험은 한 번만 해도 참 괴롭다. 잔인하게도 한 편의
글을 완성하자면 이런 상황을 몇 번이나 마주하게 된다. 키보
드 앞까지 가는 것도 힘든데, 막상 가도 키보드가 저절로 두드
려지지 않는 이 고독한 현실이 나를 매일 겸손하게 만든다.

아무래도 세상에서 가장 정직한 결과를 내는 일은 글쓰기인
것 같다. 마녀 같은 글쓰기는 기본값에 익숙해져 있는 나에게
'이 세계에서는 기본값 따위는 존재하지 않아!'라고 냉정하게
말해 주었다. 밉고 또 미웠다. 그런데 그 마녀 덕분에 생각이
바뀌고 삶이 바뀌었다. 행운을 바라고 감나무 밑에서 하염없

기본값 좋아하지 마라. 인생 재미없어진다.

이 입을 벌리던 사람이 이제는 감을 직접 따보겠다고 나무를 탄다.

기본값 없는 삶. 남들이 보기엔 불쌍하고 답답해 보일지는 몰라도 내게는 소중한 경험이다. 기본값이 없기에 성취의 기쁨이 더 크다. 미안하지만 기본값에 중독된 사람들은 감히 상상하지 못할 경험이다. 아직도 가끔은 기본값이 그립다. 그러나 다시 정신을 차린다. 그리고 나에게 말한다.

"기본값 좋아하지 마라. 인생 재미없어진다."

강소민

11 내가 겪은 일이
세상에서 가장 슬프다

새벽 1시. 주변은 고요하고 책장 넘기는 소리만 들린다. 이 시간이 되면 무거운 가방을 어깨에 메고 노량진 길거리에서 컵밥을 먹으며 새벽까지 공부하던 시절이 떠오른다. 그땐 몰랐다. 간호학과를 졸업하고 간호사로 일하다 늦은 나이에 교사가 되겠다며 병원 문을 박차고 나와 교사가 되기까지 5년이라는 시간이 걸릴지 상상도 못했다.

"멀쩡하게 다니던 병원을 그만두고 갑자기 무슨 교사가….."
"교사 월급이 얼마나 된다고….."
"넌 어려서부터 한 가지를 진득하게 하질 못하니?"
"올해도 공부할 생각이니?"

어떤 이유로든 눈물을 흘릴 수 있다는 건 약한 모습이 아니야.
그만큼 강하다는 거야.
-찰리 맥커시

　　중등 교사 임용시험 1차 발표는 매년 12월 마지막 날 즈음. 남들처럼 연말 분위기를 느끼며 새해 다짐을 하기는커녕 떨어진 마음을 추스르기도 벅차고 가족들에게도 죄송스럽다. 그렇게 매년 시험에 떨어짐이 반복되다 보니 점점 죄 없는 뇌를 자책하기 시작했고, 자존감은 날로 바닥에 딱 붙어 아무도 알아보지 못하는 지역에 홀로 이사 가서 살고 싶었다.

　　어려서부터 감정을 온전히 수용 받기보다 거부당한 경험이 많아서인지 유독 남들보다 눈물이 많았다. 별일 아닌 일에도 상처받고 그때마다 두 눈 수도꼭지에서는 주체할 수 없을 정도로 많은 눈물이 흐른다. 울보가 된 모습이 창피했고 마음 약한 내가 싫었다.

　"마음이 상처받았을 땐 어떻게 하지?" 소년이 물었습니다.
　"그럴 땐 우정으로 그 상처를 감싸 안아. 상처받은 마음이 희망을 되찾고 행복해질 때까지 눈물과 시간을 함께 나눠."
　　　　　　　　- 『소년과 두더지와 여우와 말』 중에서, 찰리 맥커시

소년과 두더지와 여우와 말, 네 친구의 대화를 통해 그들의
우정, 꿈, 희망을 그린 이야기다. 짧은 글과 그림으로 구성된
동화책과 같아 작가는 어린아이와 노인까지 모두를 위한 책
이며 읽을 때도 마음이 내키는 대로 가운데부터 읽어도 좋으
며, 귀퉁이를 접어도 괜찮다고 소개한다.

　　이 책은 4년 전 임용시험 2차를 준비하며 어떤 교사가 되어
야 할지 교직관을 고민할 때 접한 책이다. 사실 위 문구는 그
당시 마음에 와닿지 않고 넘어간 페이지다. 그런데 이번엔 달
랐다. 같은 부분을 다시 읽을 때 유독 한 문장이 두 눈과 생각
을 멈춰 세웠다. 그리곤 한참을 붙잡고 여러 번 읽어 본다. '눈
물과 시간을 함께 나눠.'

　　류페이쉬안의 『감정은 잘못이 없다』에서는 "감정을 회피할
수록 후폭풍은 거셀 것이다."라고 언급한다. 1997년 다이애나
왕세자비가 교통사고로 사망했을 때 해리 왕자는 겨우 열두
살이었다. 2017년 다이애나 왕세자비의 사망 20주기 추모회

감정이 풍랑처럼 당신을 향해 밀려올 때, 물이 당신을 덮치는 충격과 온몸을 씻어 내리는 감각을 느껴야 한다. 감정은 에너지라서 흘러가는 방향이 있다. 파도가 천천히 높아졌다가 해변을 쓸고 물러가는 것처럼 —류페이쉬안

에서, 해리 왕자는 열두 살 이후로 20여 년 동안 어머니의 죽음을 생각하거나 언급도 하지 않으려고 애를 써 왔다고 밝혔다. 그는 '생각해 봐야 나만 힘들고, 어머니가 살아서 돌아오는 것도 아닌데 왜 그 일을 떠올려야 해?'라고 여겼다.

서른 살이 되었을 때 비로소 오랫동안 누적된 격렬한 감정이 갑자기 바깥으로 터져 나왔다. 그는 불안과 분노를 느꼈으며 여러 차례 정신적으로 붕괴 직전까지 몰렸다고 한다. 자신도 모르게 자제력을 잃고 남을 공격할 것 같은 느낌을 받은 그는 심리 상담을 받으면서 권투를 이용해 분노의 감정을 쏟아내기 시작했고, 그때부터 20년간 숨겨 온 슬픔을 하나하나 꺼낼 수 있었다.

해리 왕자가 20년간 진짜 자신의 감정을 드러내지 못하고 서른 살이 되고 나서야 아픈 감정을 하나씩 느끼며 꺼내 볼 때, 마치 지금의 나와 같아 그의 슬픔과 분노가 고스란히 느껴졌다.

실컷 우는 게 울지 않는 것보다 낫다.
- 류페이쉬안

보건교사가 되어 보니 보건실에는 몸이 아픈 학생 못지않게 마음에 상처를 입은 학생들의 방문이 잦다. 가정에서의 문제, 친구와의 다툼, 공부 스트레스 등에서 오는 정신적 고통이 두통이나 복통 등 신체적 아픔으로 전치되어 나타날 때마다 '아이들도 하루를 살아가는데 정말 애쓰며 살아가는구나.'라고 생각할 때가 많다.

하루는 한 아이가 보건실 문을 열고 들어오는데 안색이 어둡다. 자초지종을 들어보니 자신이 먼저 시작한 장난에 '재수 없으니까 꺼져 줄래?'라는 상대 친구의 반응에 되레 상처받고 적잖이 놀라 보였다. 입을 앙다문 채 입술은 떨리며 금방이라도 쏟아질 것 같은 눈물을 애써 참고 있는 모습이 과거 울고 싶은데 울음을 억지로 참는 내 모습과 닮아 있었다.

"울어, 울어도 괜찮아."라는 다독이는 말에 아이의 눈에 고여 있던 눈물이 한데 뭉쳐 작은 손등으로 뚝 떨어진다.
"소리 내서 울어."라는 말에 흐느끼며 운다.

남과 비고하지 말라. 내가 겪은 일이 가장 슬프다.
그리고 천천히 나아져도 괜찮다. 그래도 된다.

"괜찮아. 더 크게 울어도 돼."라는 말에 "엉엉, 꺼이꺼이" 울기 시작한다.

나는 안다. 울고 난 이후 얼마나 후련할지. 그리고 그 아이에게 '울어도 괜찮다.'는 것을 '눈물이 나면 참지 말라.'라고 알려주고 싶었다.

많은 사람이 "긍정적으로 생각해, 생각하기 나름이야.", "너만 힘든 거 아니다. 누구나 다 그래.", "시간이 지나면 좋아질 거야."라고 조언한다. 그런데 그런 피드백을 받고 시간이 많이 흘렀음에도 '왜 나는 아직도 슬퍼하고 있나?'라며 스스로를 자책하게 된다.

'감정은 잘못이 없다.'라는 말을 나이 마흔에 진정으로 이해하게 되었다. 그리고 누가 더 힘들고 누가 더 슬프고는 없다. 내가 겪은 일이 세상에서 가장 슬프다. 그리고 그럴만한 각자의 사정과 이유가 있는 것이다. 그 아픈 마음과 함께 충분한 시간을 낭비하는 가장 쓸데없는 일이 뭐라고 생각하니?
자신을 다른 사람과 비교하는 일.

애도의 시간을 보내 줘야 한다. 그 시간이 5년이 걸리든, 10년 또는 20년이 걸리든 내가 나아지는 데 꼭 필요한 시간이다. '남과 비교하지 말라. 내가 겪는 일이 가장 슬프다. 그리고 천천히 나아져도 괜찮다. 그래도 된다.'

　"시간을 낭비하는 가장 쓸데없는 일이 뭐라고 생각하니?"
　"자신을 다른 사람과 비교하는 일." 두더지가 대답했습니다.

— 『소년과 두더지와 여우와 말』 중에서, 찰리 맥커시

윤미영

12 가치 있는 삶을 사는 방법

내 시간을 산다는 것은 내가 있어야 할 곳에서 가치를 만들어 낸다는 의미다. 당신이 있는 그곳에서 가치를 만들어 낼 때 당신은 존재 가치가 있는 것이다. 자연의 모든 것은 자기 자리에서 가치를 만들어 낸다.

- 『이 책은 돈 버는 법에 관한 이야기』 중에서, 고명환

방학을 보내고 나서 맞는 3월.

누군가에게는 새로운 시작과 설렘이기도 할 때다. 교사가 된 이후 나에게 3월은 힘듦을 지나쳐 가야 하는 시간이다. 1년의 학생 농사가 3월에 모두 결정된다고 생각하니 부담스러울 때가 더 많다. 물론 새로 만나는 아이들에 대한 기대와 설렘도 있다. 하지만 새로운 아이들을 만나 서로를 알아가고 함

언제나 현재에 집중할 수 있다면 행복할 것이다.
- 파을로 코엘료

께 정한 규칙들을 습관으로 만들기까지의 힘듦과 어려움을 교사라면 모두 공감할 수 있으리라 생각한다. 숨 막히게 바쁜 새 학기가 시작되면 나도 모르게 다가올 여름방학을 떠올린다. 생각만 해도 마음이 시원해진다. 이런 면에서 다른 곳, 다른 시간 안에서 나의 행복을 찾는 일은 아주 당연하다. 숨 막히게 바쁜 일상에서 해방감을 느낄 수 있는, 온전히 자유로운 그 시간은 떠올리기만 해도 행복이 밀려오니까.

결혼 전 신부님과 면담에서 남편과 나는 아이를 셋 낳고 싶다고 말씀드렸다. 말이 씨가 되었는지 나에겐 아이가 셋이다. 육아 휴직을 꼬박 4년을 하면서 두 아이를 다 키웠다고 생각했다. 집에서 키우며 지켜보니 스스로 학교 가고 학교생활도 제법 야무지게 해서 엄마가 없는 동안에도 제 앞가림을 할 수 있을 것 같다. 이제 아이들도 자랐으니 나도 복직하면 어린아이들을 두고 일하는 것에 슬퍼하지 않고 내 일을 좀 열심히 해볼 수 있을 것 같다. 그런데 복직을 6개월 앞두고 막내가 생겼다. 막내 덕분에 나의 휴직은 2년이나 더 연장되었다. 뒤늦은

내 시간을 산다는 것은 내가 있어야 할 곳에서
가치를 만들어 낸다는 의미다.

육아가 쉬울 리가 없다. 특히나 막내는 밤잠을 힘들어하는 아이였다. 아이가 평화롭게 잠드는 시간만 손꼽아 기다리니 아이가 잠들지 않고 뒤척이는 시간이 너무도 힘이 들었다. 아이가 잠드는 평화로운 그 시간이 언제 오나 고대하니 잠들지 않는 아이가 야속했고 나는 어느덧 빨리 잠들기를 강요하는 엄마로 변해갔다. 혹여라도 아이를 너무 즐겁게 해서 아이가 잠드는 타임을 놓칠세라 아이와 도란도란 이야기 나눌 수 있는 그 좋은 시간에도 아이에게 내 시간을 내어 주는 것에 인색하게 굴었다. 뒤척이는 아이를 곁에 두고 아이가 잠든 후의 자유로운 시간은 떠올리기만 해도 행복이 밀려왔다.

큰 아이와 여덟 살 차이 나는 막내를 낳고 긴 육아를 하느라 내 삶을 잘 챙기지 못한 것 같은 후회는 마흔이 넘어서야 나를 찾아왔다. 너무 오랜 시간 나로 살아오지 못했던 것 같아서 요즘은 나를 위한 시간을 가지려고 노력 중이다. 모든 자기계발서에서는 내가 원하는 것을 얻으려면 나를 위한 시간을 사수하라고 말한다. 나를 위한 시간을 보내고 있을 때 되도록 아이들에게 눈길도 주지 않으려고 노력했다. 그러지 않고서는 세 아이와 함께하는 일상에서 내 시간을 얻어 내기란 하늘의 별 따기만큼 어렵다. 하루는 막내가 눈물을 글썽이며 나에게 말한다. "나는 엄마랑 조금밖에 함께 있지 못했어. 내가 엄청 많이 기다려 준 거야." 이 말을 들으니 속이 상했다. 매일 함께 있었음에도 아이 마음에는 엄마가 함께 있지 않았다.

　누군가는 말했다. 숨 막히는 일상에서 벗어나는 상상을 하는 것이 그 시간을 견디게 해 준다고. 그렇다면 그 일상은 언제고 탈출하고 싶은 지옥이 될 것이 아닌가. 나의 일상이 지옥 같아서 탈출하고 싶은 곳이 아니라 매일 자잘한 기쁨들로 가득 찬 시간이 되길 소망한다.

　내 시간을 잘 살아간다는 것이 과연 나로 성장하기 위한 나 혼자만의 시간만을 의미하는 걸까. 교사로 사는 삶, 엄마로 사는 삶에서 나를 뺄 수 있을까? 그럴 수 없음을 누구보다도 내가 잘 안다. 학교에서 학생들과의 시간을 온전히 잘 보내는

> 내가 이미 수천 번도 넘게 말했지만 나는 이 자리서 한 번 더 말하고 싶다.
> 세상에서 부모가 되는 일보다 더 중요한 직업은 없다.
> – 오프라 윈프리

일, 내 아이와 함께 있는 시간 동안 온전히 아이와의 시간을 잘 보내는 일, 결국 여기에 내 존재 가치가 있다.

내게 주어진 시간과 공간 안에서 가치를 만들어 내는 일이 결국 나를 성장하게 해 줄 것이라는 믿음, 그 믿음이 나의 오늘을 더 빛나게 한다. 오늘도 도움이 필요한 학생들과 이야기를 나누고, 읽고 싶은 책을 잠시 뒤로 하고 나와 대화하고 싶어 하는 아이와 눈 맞추며 미소 지어 본다.

이현정

13 외로움은 사색이 되고

"내가 보낸 시간을 믿는 순간 외로움은 사라지고, 굳센 고독의 시간을 보낼 수 있는 사색의 근력이 생긴다."

- 『생각 공부의 힘』 중에서, 김종원

책날개를 펼치면 '생각 공부의 힘으로 일반명사가 아닌 고유명사의 삶을 살라!'라는 말이 쓰여 있다. 스치는 바람에도 사색하는 사람. 세상에서 가장 위대한 것은 사랑이라고 생각하는 김종원 작가, 그는 지난 15년 이상 사랑을 전하기 위해 사색하고 글을 썼다고 한다.

책의 후반부에 나오는 저 한 구절은 나에게 많은 생각거리

산책이 아니었다면 내 머리는 터져버렸을 것이다.
– 찰스 디킨스

를 던져 주었다.

'나는 사색하는 삶을 살고 있는가?', '나에게 고독의 시간은 하루 중 언제인가?', '작가가 말하는 사색은 무엇인가?', '나는 외로운가?', '내가 보낸 시간 중 믿지 못하는 나의 시간이 있는가?', '나에게 사색의 근력이 있는가?'

〈사색〉 어떤 것에 대하여 깊이 생각하고 이치를 따짐.
〈고독〉 세상에 홀로 떨어져 있는 듯이 매우 외롭고 쓸쓸함.

때때로 외로운 감정이 느껴질 때가 있다. 출근길의 분주함, 동료들과의 회의, 오늘의 수업, 해야 할 업무들 사이 몸의 피로와 함께 외로움이 불쑥 올라온다. '내가 말하지 않아도 나의 마음을 알아주는 이는 없을까?' 쉴 틈 없이 바쁜 일정을 소화해 냈을 때 외로운 느낌이 더 든다. 순간의 생각과 일들이 나를 힘들게 할 때가 있다. 문제만 보이고 문제 속으로 빠져드는 기이한 일이 생긴다. 그래서 외로웠나 보다.

내가 보낸 시간을 믿는 순간 외로움은 사라지고,
굵센 고독의 시간을 보낼 수 있는 사색의 근력이 생긴다.

전화기를 들고 나의 상황과 마음을 알아줄 누군가를 떠올려 보기도 하지만, 나의 상황은 나만 알 뿐 괜히 미안해지기만 한다. 그런 시간을 보냈기에 이 구절이 더 인상적인지 모르겠다.

그 순간 나는 내가 살아온 시간을 떠올리지도 믿지도 못했나 보다. 내가 보냈던 시간들을 떠올려 보고 그 시간을 내가 얼마나 값지게 보냈는지 생각해 보라는 뜻일까? 이상하게도 그 시간을 떠올려 보고 잘 살아왔다는 확신이 생기니 뭔가 뿌듯해진다. 문제도 외로움도 사라진다.

내가 보낸 시간들을 돌아본다.

학교에서 학생들을 가르친 지 20여 년, 네 명의 아이를 낳아 기른 지 17여 년, 책을 열심히 읽은 지 15여 년.

내가 보낸 시간은 결코 사소하지 않다. 내가 보낸 한 달, 하루는 결코 사소하지 않다는 생각이 들고 앞으로도 잘할 수 있을 것 같다는 자신감이 솟는다. 내가 보낸 시간들이 굵은 뿌리, 잔뿌리들이 되어 땅속 깊이 박혀 있다는 것을 기억하자. 책 속 한 문장을 가지고 곱씹으니 생각이 꼬리에 꼬리를 문다.

나는 자질과 능력이 남들보다 못한 사람이다. 때문에 전심전력을 다해
독서하지 않으면 털끝만 한 효과도 얻기 힘들다.
- 일두 정여창

사색하는 삶을 살기 위해 필요한 근력은 무엇인가?

나는 책 읽기를 좋아한다. 작가들의 이야기에 귀를 기울인
다. 나와 관심사가 비슷한 작가를 만나면 그렇게 즐거울 수가
없다. 다 맞는 말이다. 그리고 나도 그렇게 살아야겠다고 다
짐한다.

한 번 읽었던 책의 내용을 다른 책에서 만나게 되면 여간 반
가운 것이 아니다. 책은 펼치지 않아도 또 얼마나 시끄러운지,
책 속 이야기는 재미있고 빠져들게 한다. 도서관마다 특별한
책들이 나를 기다리는 듯하다. 세상의 책들을 만나고 만져 보
고 싶은 바람이다. 그래서 나는 또 책장을 넘긴다. 책의 내용
은 어느새 사라져 버린다. 내가 무슨 책을 읽었는지 어떤 내용
이었는지 기억이 없다. 아이러니하게도 책을 첫 장부터 다시
읽는다. 처음 읽는 것처럼 감동하면서 책에 빠져든다.

사색하기 위해서는 멈추어야 할 것 같다.

다른 사람이 한 번 읽어서 알면 나는 백 번을 읽고,
다른 사람이 열 번 읽어서 알면 나는 천 번을 읽는다.
-주자

　책을 읽다가 다 읽지 않고 책장에 꽂아 두곤 한다. 끝까지
다 읽지 못하고 덮어 둔 책들이 많다. 그리고 어느 날 다시 읽
는다. 책의 마지막 장을 덮기가 아쉽기만 하다. 모든 책을 다
사다가는 월급이 남아나지 않을 것이므로 책을 빌려서 읽을
때도 많다. 그래서 우리 집에 여러 번 다녀간 책들이 꽤 있다.
책을 읽으면 재미와 웃음이 있고 즐겁다. 외로움을 잊는다.

　마음이 흔들릴 때 지금까지 내가 보내온 시간을 생각하면
나는 외롭지 않다. 내가 매일 이룬 것들이 분명히 자라고 있
다. 나 혼자 외롭게 있는 것이 아니고 내가 이룬 것들과 함께
있는 것이라는 것을 잊지 말기. 외로움을 극복하기 위해 고독
을 즐기기. 내가 나로 존재한다면 나는 외롭지 않다. 고독을
사랑하는 내가 되기로 하자.

위혜정

14 평범함의 비범함

"지극히 평범하고 한없이 초라하다가도 어느 순간 놀랍도록 위대해지는 인간이라는 존재. 이 불가해한 존재를 이해하려는 노력에 완료 시점이란 존재하지 않는다."

- 『단단한 개인』 중에서, 이선옥

아이를 키우며 더 많이 느낀다. 이쯤이면 닳아 없어졌을 법도 한데 어느샌가 뾰족한 날을 다시 세우는 내면의 민낯을. 놀랍도록 거듭되는 이 민망함이 완전 연소되면 좋으련만, 매번 남아 있는 평정심마저 활활 타올라 가열차게 뚜껑이 열려 있는 나를 대면한다. 그러다가도 어느 순간, 내 아이만이 줄 수 있는 기쁨과 엉뚱한 매력의 어퍼컷이 훅 들어올 때면 급 상황

현재의 모습으로 내 아이의 미래에
선을 긋는 것 자체가 방자한 저울질이다.

종료다. 찬물 세례에 열기가 급작스레 식듯이 실실대며 아이를 품에 안는 나, 널 뛰는 미친 사람 같다. 나조차 내가 이해되지 않는데 내 아이의 존재를 온전히 이해한다는 것은 제멋대로 부풀려진 오만이 아닐까. 나와 너, 그리고 우리의 불완전성을 전제한다면 현재의 모습으로 내 아이의 미래에 선을 긋는 것 자체가 방자한 저울질이다. 대체 무슨 기준으로, 아이의 인생을 정해진 궤도 안에 붙잡아 놓고 재단하려 하는지, 그 잣대가 정의롭지 못하다.

흔들리는 생각을 세우는 일에 좀 더 치열하고 집요해졌으면. 어떤 무리에 속해 있지 않아도 괜찮은 채로 단단하게 서 있는 사람이 많길 바란다는 저자의 서문이 마음에 확 들어왔다. 거창하게 사회 정의까지 논하지 못하더라도 나라는 사람, 그리고 내 아이의 생각을 제대로 다지고 싶기에, 잡음 많고 혼란스러운 세상에서 좀 더 묵직하고 안정감 있는 걸음을 내어 딛고 싶은 마음에, 세월호 친구들의 짧은 생을 기록했던 작가의 경험에 머문다. 청소년기까지 키워낸 아들과 딸을 차가운

인간이라는 불가해한 존재를
이해하려는 노력에 완료 시점이란 존재하지 않는다.

바닷속에 보내고 미어지는 가슴속에 묻은 부모들의 마음은, 스치기만 해도 아프다. 그들은 친구를 통해 들은 자녀들의 삶에 미안함과 안도의 눈물을 짓는다.

"어른들 몰래 조금씩 일탈하고 부모들에게 걱정의 대상이었던 아이들이지만 위기의 순간 이들이 작동시킨 규범은 너무나 '어른스럽고 전통적인' 것들이었다. 여자 먼저, 아이 먼저, 약자를 위하라는 말을 지켰고 친구와 사이좋게 지내라는 말을, 가족과 이웃을 사랑하는 말을 모두 지키고 떠났다."

'평범함의 비범함', 지극히 당연한 진리가 건져진다. 평범한 내 아이는 내가 생각하는 것 이상으로 비범하게 자라날 것이다. 앞으로 부모의 속을 썩일 수도, 일탈을 할 수도 있다. 생이 짧을지 길지 아무도 모른다. 어떤 길이의, 어떤 빛깔의 생을 살든, 사는 동안 내 아이가 억압받지 않고 제대로 숨 쉬는 삶을 살면 좋겠다. 세월호의 부모는 자녀의 일탈을 듣고 '그래도 숨통을 틔우며 살고 갔구나⋯.' 하며 기쁨과 안도의 눈물을 흘렸다고 한다. 부모는 알지 못했던 아이들만의 인생살이에 가슴이 먹먹하다. 내 아이를 바라보는 나의 눈과 마음의 에너지는 완료 시점을 만날 수 없을 것이다. 단 완료형을 진행형으로 바꿀 수는 있다. 오늘도 나의 울타리를 벗어나는 아들의 인생 궤적을 나는 그저 완료가 아닌 진행으로 바라보는 능동성을 택하려 한다. 너도, 그리고 나도 제대로 숨 쉬는 삶을 살기 위해서.

김혜선

15 아무튼 술을 마시는 이유

"왜 술을 마셔요?"

"잊어버리기 위해서지."

"잊다니, 무엇을요?"

"부끄러움을 잊기 위해서지."

어린 왕자가 세 번째 별에서 만난 술꾼과의 대화이다.

『어린 왕자』는 초등학생을 위한 세계 명작 도서이다. 그러나 막상 초등학생들이 어린 왕자에 담긴 이 대사들의 의미를 다 이해할 수 있을까 싶다. 나 또한 초등학생 시절에 이 책을 읽으며 정말 지루하고 어렵다고만 생각했다. 그리고 스무 살

가장 중요한 것은 눈에 보이지 않는다.

에 이 책을 다시 펼치게 되었다. 스무 살에 갑자기 웬『어린 왕자』냐고 물을 수 있다.

스무 살, 이제 막 대학에 입학해 자유를 만끽하며 아무 생각 없이 술을 마시던 그 시절. 그해 여름 MT에서 달달하고 시원한 막걸리 맛에 반해 한 잔이 두 잔이 되고, 한 병이 되고, 그렇게 쭉쭉 들이켰다. 그렇게 정신을 차려 보니 다음 날 아침이었다. 정말 그날 집에 돌아가는 길은 죽을 것 같이 힘들었다. 집에 돌아가는 지하철에서 아마 두 번 정도는 내려서 화장실로 달려갔던 거 같다. '사람이 가만히 서 있기만 해도 세상이 빙빙 돌 수 있구나'를 깨달았던 엄청난 하루였다. 그리고 그날 이후 스무 살이었던 내게는 너무나 중요하고 큰 인생의 고민이 생겼다.

"어른들은 도대체 이렇게 힘들고 쓰기만 한 술을 왜 마시지? 그것도 저렇게나 자주, 많이."

이 고민은 당시 나에게 너무나 큰 문제였다. 막걸리 사건 이후 나는 더 이상 술을 입에 대고 싶지 않았다. 하지만 스무 살, 이제 갓 성인이 되었고, 앞으로 쭉 피할 수 없는 술자리가 이어질 터인데 그럴 때 나는 어떻게 해야 하는지에 대한 매우 중요한 문제였다. 길을 걷다가도 테이블 위에 소주를 한가득 쌓아 놓고 마시는 어른들을 보며, "치킨에는 맥주!"라며 소리치는 어른들을 보며 생각했다.

'저렇게 술이 좋다고? 왜?'

고민을 해결하고자 주변 친구들에게도 물어본 결과, "술보다는 술자리를 즐기는 것"이라는 대답이 가장 많았다. 하지만 이 대답은 내 고민을 궁극적으로 시원하게 해결해 주지 못했다. 나는 술자리가 아니라 정말 말 그대로 '술' 그 자체를 왜 그리도 마시는 건지 이해하고 싶었다. 그러다 그해 가을 우연히 동아리 선배(선배라고 하지만 나보다 15세가 많으신)와의 술자리에서 고민 해결의 실마리를 찾게 되었다. 지금의 나라

사막이 아름다운 것은 그곳 어딘가에 샘을 감추고 있기 때문이야.

면 굳이 나의 사적인 고민을 그리 가깝지 않은 사람에게 털어
놓지 않겠지만, 그때의 나는 아직 그런 경계선이 없을 때였다.
그날 처음 본 그 선배에게 내 고민을 이야기했다. 사실 이때도
이미 살짝 취해 있었다.

"어른들은 이렇게 쓰기만 한 술을 왜 마시는 거예요?"

"재미있는 질문이다. 나중에 이 자리가 끝나고 돌아가면 '어
린 왕자'를 한 번 꼭 다시 읽어 봐. 거기에 답이 나와."

이런 대답을 해준 사람은 처음이었다. 『어린 왕자』라니, 초
등학교 때 추천 도서 목록으로나 보았던 그 재미없던 책에 답
이 있다니. 생각지도 못했던 답이었다. 그렇게 다음 날 학교
도서관에서 바로 『어린 왕자』를 빌려 읽었다. 합법적으로 술
을 사 먹을 수 있는 성인이 되어 다시 읽은 『어린 왕자』는 너
무나 감동적이었다. 이 책이 괜히 세계 명작이 아니었다.

하루라도 책을 읽지 않으면 입에 가시가 돋는다.
- 안중근

어린 왕자에서 술꾼이 말하길, 술은 부끄러움을 잊기 위해서 마시는 것이다. 그리고 어린 왕자는 술꾼이 살던 그 별을 떠나며 다음과 같이 생각한다.

'어른이란 정말로 이상하구나.'

정말 단순한 이 몇 줄에 지난 몇 달간 내 머릿속을 떠나지 않던 고민이 싹 사라졌다.

'그래, 술은 부끄러움을 잊기 위해서 마시는 거지. 정말 이상해.'

생각해 보면 그 시절의 나는 술을 마시는 이유가 아니라 '술을 마시고 싶게 되는' 이유를 찾았던 것 같다. 평소 말하기에는 괜히 쑥스러운 속내 이야기를 털어 놓기 위해, 여행지에서 처음 만난 일행들과 어색한 인사를 나누며 한 발짝 다가가기 위해, 지치고 무거웠던 하루 일상을 좀 더 가볍게 마무리하기 위해 사람들은 술잔을 드는 듯싶다.

 가끔 모두가 이런 순간이 있을 것이다. 너무 진지한 것도 싫
지만, 그렇다고 너무 가벼운 것도 싫은 그런 순간. 삶을 너무
무겁지도 않게, 가볍지도 않게 만들어 주는 것이 바로 술인 것
같다. 그리고 이것이 아무튼 내가 가끔 술을 마시는 이유다.

정다은

16 걸을 수 있다는 기적

나는 무병장수하는 건강한 삶을 꿈꾸었다. 마흔 전엔.

누구에게나 기억 저편에 편린 되어 있는 소중한 기억 하나
쯤은 있을 것이다. 나에게는 가족들과 방학마다 방문하였던
시골 할머니 집에서의 여름휴가나 일을 일찍 마친 엄마의 손
을 잡고 동네 시장을 방문했던 일과 같이 가족과 함께했던 평
범한 일상의 기억들이 나의 기억 저장소에 따스하게 머물러
있다. 그중의 제일은 중학교 시절, 등교하기 전 아버지와 함께
야트막한 동네 뒷산을 등반했던 일이다. 정확히 기억이 나진
않지만, 아마도 삼 남매의 체력 증진을 위한 부모님의 습관 만
들기 프로젝트 일환이 아니었을까 짐작한다. 물론 여러 가지

걷다가 잠시 멈춘 후 바라본 세상은 특별한 순간으로 다가온다.

이유로 장기간 이뤄지진 못했지만, 그 기억은 나에게 분명 즐겁고도 상쾌한 성취감을 준 기억임에 분명하다.

이러한 기억의 단상이 불현듯 떠오른 건, 아빠의 건강 이상 소식을 듣고 난 후이다.

인생의 터널과도 같았던 그 시절은 일과 가정, 부모님의 건강 등 모두 좋지 않은 정보와 환경의 집합체인 것만 같았다. 소위 말하는 번아웃 증상이 나에게도 찾아왔고, 아버지는 내가 사는 지역에서 항암 치료를 받기 시작했다.

나는 이러한 상황을 어찌 해결해야 할지 몰라 새벽 5시 30분에 일어나 무작정 걷기 시작했다. 좋아하는 가수의 밝은 노래를 듣고 있는데 눈물이 비처럼 주룩주룩 흘렀다. 그럼에도 불구하고 그때의 나를 존재하게 하고 견디게 하는 유일한 방법은 걷기였다.

그렇게 걷다가 잠시 멈춘 후 바라본 세상은 그동안 바라보았던 보통의 하루가 아닌 특별한 순간으로 다가오기 시작했다.

생명을 가진 것들 중 하찮은 것은 하나도 없다.

피부에 느껴지는 살아 있는 바람

얼굴을 내리쬐는 해사한 햇살

폐 깊숙이 들어오는 흙냄새가 섞인 공기

강물 위에 부유하는 먼지들

햇빛에 비쳐 눈부시게 반짝이는 물비늘

청량하게 지저귀는 새소리

바람에 부딪히는 사락거리는 나뭇잎 소리

두런두런 이야기를 나누는 가족의 말소리

서로에게 눈을 떼지 못하는 연인들의 사랑

걷고 뛰는 사람들의 의지와 열정

자전거 타는 사람들의 건강함 등

걷기를 통해 삶의 의미를 다시 재해석할 기회가 주어진 셈이다.

무엇보다도 생명이 가진 것들 중 어느 하나 하찮은 것은 없다는 사실과 살아 있음을 증명하는 걷기가 무척이나 소중하다는 사실을 알게 한 시절이었다. 그렇게 걷기 시작한 후부터 번아웃 증상으로 불안과 무기력에 갇혀 있던 나는 예전의 나로 서서히 돌아가고 있었다.

번아웃으로부터 독립이자 해방이었다.

즉 걷기는 나에게 그동안 삶을 피상적으로 바라보는 것에서 벗어나 본질을 바라보고 받아들이게 된 인생의 새로운 변곡점이 아니었을까 싶다.

"길 끝에는 아무것도 없었다. 그러나 길 위에서 만난 별것 아닌 순간과 기억들이 결국은 우리를 만든다."

- 『걷는 사람』 중에서, 하정우

그 후 아버지가 수술하기 전에 함께 새벽 걷기를 했다. 혹시라도 아버지께서 수술 후 걷는 것이 힘들어지면 어쩌나 하는 두려움을 감추기 위해 중학교 시절 함께 걸었던 경험을 말했다. 마치 그 말을 기도 삼아 아버지가 완쾌하시길 간절히 바라는 마음을 가슴에 안고서 말이다.

길 끝에는 아무것도 없었다. 그러나 길 위에서 만난 별것 아닌 순간과
기억들이 결국은 우리를 만든다.
– 하정우

  그렇게 오랜만에 아버지와 단둘이 걷는 시간들이 좋았다.
진심으로 소중한 시간이었다.

  그 후 가족들의 간절한 바람이 하늘에 닿았는지 아버지의
수술과 항암 치료는 무리 없이 진행되었다. 그럼에도 불구하
고 아버지는 이전처럼 걷는 것은 아직 힘드시다. 그리고 문득
문득 후회스럽다. 잘 걸으실 수 있었을 때 '더 많이 함께 걸을
걸' 하고 말이다.

  여전히 나는 무병장수의 꿈을 지니고 있다. 그러나 마흔이
지난 지금은 안다. 가족 모두 무병장수하지 못할 수도 있다는
사실을. 그리고 걷지 못하게 된다면 누군가에게 의지해야만
한다는 사실도 말이다.

  장 폴 사르트르(Jean-Paul Sartre)가 "인간은 걸을 수 있는 만
큼만 존재한다."라고 말한 것처럼 걷는다는 것은 인간 존재의
핵심이라 생각된다.

  그래서 나는 시간만 되면 조금이라도 걸으려고 노력한다.
그렇게 살아 있는 순간을 춤추듯 걷고, 나에게 주어진 인생을
묵묵히 걷듯이 살아내고 싶다. 그리고 주어진 시간 동안 부모

인간은 걸을 수 있을 만큼만 존재한다.
- 장 폴 샤르트르

님과 함께 오랫동안 걷고 싶다.

아버지를 포함한 가족들과 자경노 회원 가족 모두의 건강과 평안을 기원하며, 함께 걷기를 해 주시는 '자기경영노트' 트레킹 동아리 '미트(meet)'의 미미(美美) 선생님과 멤버들에게 감사의 말씀을 전한다.

장소영

17 나의 운명을 사랑하게 되는 일

"가장 낮은 곳으로 가 아이들을 돕는 선생님이 되리라!"

2001년 진주교육대학교 입학식이 열리는 강당이었다. 새내기 입학생 중 한 명이었던 나는 눈물을 흘리고 말았다. 조명이 꺼진 어두운 강당과 감동적인 노래 가사를 핑계로.

열정적으로 공부하던 고3 시절, 어느 여름날이었다. 교실의 차가운 벽에 기대어 더위를 식히면서 친구에게 이야기했다. "나는 선생님은 안 될 거야. 우리 교대는 가지 말자."

공부 잘하는 딸을 자랑스러워하시던 우리 엄마는 교대가 아닌 경찰대 시험을 쳐보겠다는 딸의 등짝을 세게 때리며 혼내셨다.

"여자는 결혼하고 애 키우면서 돈 벌 수 있는 교대가 최고다."

'82년생 김지영'과 동갑인 나도 그 시대를 살았다. 반발심까지 더해졌는지 애 키우며 돈까지 벌 수 있는 선생님이 되기가 나는 정말 싫었다.

가정 형편은 넉넉하지 않고 부모님은 교대 아니면 안 된다고 하셨기에 나는 부모님 지원 없이 갈 수 있는 경찰대를 바라보았다. 엄마 몰래 친구 부모님 차를 얻어 타고 경찰대 시험을 보았지만 나는 보기 좋게 떨어졌다. 그리고 결국 특차로 교대에 진학했다. (당시 특차로 합격하면 다른 대학에 원서를 쓸 수도 없었다.)

입학식에서 눈물을 흘릴 정도로 아파했으면서도 나는 교육대학교 생활에 잘 적응했다.

'지금 아니면 이제 기회가 없을 텐데….' 생각하면서도 다른 길을 찾아갈 기회를 놓쳤다. 나는 용기가 없었다.

그렇게 나는 선생님이 되었다. 참 아이러니하게도 선생님

자유 안에서 자신의 운명을 있는 그대로 긍정하는 것⋯

이라는 직업이 내 성격과 적성에 잘 맞았다. 사실 나는 친구들에게 공부를 가르쳐 주기를 좋아해서, 중학교 때는 친구 집을 찾아가서 과외 선생님처럼 공부를 도와주기까지 했었다.

잘 맞는 옷을 입은 선생님으로 지내면서도 내 안에는 슬픈 아이가 살았다. 특히 엄마와 이야기할 때 슬픈 아이는 앙칼진 아이가 되었다.

"선생님이 잘되었다. 애 키우기 좋지 않으냐?"라는 칭찬에는 울음이 목까지 차올라 부들부들 떨었다. 나는 내 실력을 못 펼쳐본 것이 그렇게 서러웠다. 부모님이 내 날개를 꺾어 버린 것이 원망스러웠다. 막냇동생이 원하는 대학에 진학할 때는 내 삶이 한탄스러웠다.

한 지인과의 대화에서 슬픈 아이를 또 만났다. 본인은 음악에 재능이 있었는데 부모님의 지원이 없어서 재능을 펼치지 못했다고 하였다. 연세가 예순 가까이 되신 그분에게서 나는 내 모습을 보았다.

뛰어난 재능이 있어도 뜨거운 의지가 없다면 성장할 수 없다.

'부모님의 나이가 되어서도 부모님을 탓할 내 모습!'

그 순간 슬픈 아이에게서 공감할 슬픔이 아닌 어리석음이 보였다. 그렇다. 나는 참 어리석었다.

그에게, 그리고 나에게 말해 주고 싶다.

'너의 삶은 너의 선택으로 이루어졌어.'

『미움받을 용기』에서 아들러는 인간을 자유 의지를 가진 존재로 본다. 같은 환경에 있다 하더라도 개인의 선택과 의지에 따라 다른 삶을 살 수 있다고 한다.

교대에 진학한 건 부모님의 선택이었다면, 부모님께서 원한 진로를 그대로 유지하고 있는 것 또한 나의 선택이었다. 내가 더 간절하게 원했다면, 진정으로 용기를 내었다면 나는 다른 길을 찾을 수 있었다. 뛰어난 재능이 있어도 뜨거운 의지가 없다면 성장할 수 없다는 사실을 그제야 깨달았다. 나의 삶은 나의 선택의 결과임을 알게 되니 부모님을 원망할 필요가 없어졌다. 무서운 파도 같던 울분은 사그라졌고 자잘한 모래알 같은 아쉬움만 남았다고 표현하면 딱 맞을 것 같다. 그리고 그 아쉬

모든 사람은 태어나는 순간 오행에 치우쳐
모든 걸 골고루 가질 수는 없다.

움의 모래마저 날려버릴 수 있는 운명 같은 글귀를 만났다.

"자유 안에서 자신의 운명을 있는 그대로 긍정하는 것, 즉 운명애
를 갖게 될 때 우리는 비로소 두려움과 충동이라는, 삶을 노예화하
는 것들로부터 벗어날 수 있습니다."

- 『생각수업』 중에서, 고미숙

고미숙 작가는 사주명리학이나 음양오행론에서 다음과 같
이 알려준다고 하셨다. '모든 사람은 태어나는 순간 오행에
치우쳐 모든 걸 골고루 가질 수는 없다. 삶을 받아들이지 못하
면 불안으로 두려움이 생기고 채우진 못한 결핍으로 인해 쇼
핑, 게임, 약물 등 충동적으로 욕구를 채우려고 한다.'

나는 감사 일기를 쓰며 하루하루를 긍정하는 기쁨을 만나면서
도 정작 내가 살아온 삶을 있는 그대로 긍정해 본 적은 없었다.
'과거로 돌아간다면 더 잘할 자신이 없을 정도로 최선을 다
했어.'
'나는 가치 있는 일을 하는 교사가 되었고 아이들을 만나는

참 수고 많았어. 토닥토닥! 나는 내 삶을 사랑해.

이 일이 참 고마워. 내 적성에 딱 맞는 일이야.'
'참 수고 많았어. 토닥토닥! 나는 내 삶을 사랑해.'

나는 실패자가 아니었다. 교사가 되어 소명을 느끼며 일하는 것은 멋진 성공이다. 내 삶을 긍정하니 원망했던 마음과 실패에 대한 두려움이 도미노처럼 함께 무너졌다.

아들러의 심리학으로 삶은 각자 선택의 결과라는 것을 알았고, 동양의 운명론으로 내 삶을 받아들이는 경험을 했다. 아들러의 심리학과 동양 운명론의 완벽한 조합으로 나는 보다 홀가분해지고 자유로워졌다.

내 과거를 긍정하고 내 삶을 사랑하니 미래를 그리고 싶어진다. 좋은 선택을 하는 진취적인 삶을 살고 싶다. 어떤 결과든 받아들이면서 나를 빛낼 수 있는 마음의 그릇도 닦아 두어야겠다.

김수민

18 나의 선한 우정

얼마 전 스타벅스에서 커피를 주문하다가 새삼 나의 닉네임이 눈에 들어왔다. "꾸뻬씨".

하도 오래전에 설정해 둔 닉네임이라 이제는 별 감흥이 없고, "꾸뻬씨님, 주문하신 아이스 아메리카노 톨 사이즈 한 잔 나왔습니다."라는 말을 들어도 앞의 "꾸뻬씨님"은 거의 안 들리는 수준이었다. 그런데 이날따라 새삼스레 닉네임이 눈에 들어왔다.

꾸뻬씨는 내가 좋아하는 소설 시리즈의 주인공 이름이다. 시리즈 중 『꾸뻬씨의 행복 여행』이 가장 유명한데, 그 책 말고도 『꾸뻬씨의 시간 여행』, 『꾸뻬씨의 사랑 여행』, 『꾸뻬씨의 우정이라는 기계에 잘 정제된 예의라는 기름을 바르는 것은 현명하다.
- 콜레트

우정 여행』등 다양한 시리즈가 있다. 그중 나에게 가장 인상
깊게 남아 있는 책은 바로『꾸뻬씨의 우정 여행』이다.

"아리스토텔레스는 우정을 '필요에 의한 우정', '여흥을 위한 우
정', '선한 우정' 세 가지로 나누었는데, 물론 아리스토텔레스가 생
각하는 진정한 우정은 마지막의 선한 우정뿐이었어."

- 『꾸뻬씨의 우정 여행』 중에서, 프랑수아 를로르

『꾸뻬씨의 우정 여행』은 아리스토텔레스가 우정에 관해 정
리한 것을 기반으로 목차가 구성되어 있다. 우정에는 세 가지
가 있는데 다음과 같다.

 1. 필요에 의한 우정

 2. 여흥을 위한 우정

 3. 선한 우정

얼핏 보면 3번의 선한 우정만이 진정한 우정인 듯 보이지만,
사실은 서로 필요할 때 도움을 주는 것도 매우 중요하고(1번),
즐겁게 놀 수 있는 것도 중요하기(2번) 때문에 결국 이 모든

운명의 기복은 친구의 신뢰를 시험한다.
– 키케로

것이 다 나름대로 의미 있는 관계가 아니겠는가 싶은 생각을
했다. 그래도 나중에 사랑하는 사람을 만나서 결혼하게 되면
1, 2번뿐만 아니라 3번의 선한 우정의 관계로 서로를 생각하
는 사람이 되었으면 좋겠다고 막연히 생각했다. 그리고 그 나
중이 바로 지금이 되었다. 나와 남편은 1, 2, 3번 모두를 아우
르는 멋진 친구이다.

　수년 전 이 책을 처음 읽었던 그 당시 나는 우정을 저렇게 세
가지로 정리해 둔 것이 정말 인상 깊었나 보다. 그때 내가 너
무 감명받아서 엄마와 산책하면서도 조잘거렸던 기억이 있다.
　"엄마, 우정에는 세 가지가 있대. 필요에 의한 우정, 여흥을
위한 우정, 선한 우정! 엄마한테는 아빠가 선한 우정이지?"
　이때 엄마가 했던 대답이 너무 웃겼다.
　"아빠는 여흥을 위한 우정이지요."
　그렇게 말씀하시며 장난기 가득하게 행복한 웃음을 지으시
던 우리 엄마. 하지만 나는 엄마와 아빠가 서로를 선한 우정으
로 여기시기에 오히려 그렇게 농담도 할 수 있는 것이라고 느

> 미소를 지으면 친구가 생기고, 얼굴을 찌푸리면 주름살이 생긴다.
> - 조지 엘리엇

껐다.

　엄마가 '선한 우정'에 대해 이야기하며 엄마 친구분에 대해 말씀하셨다. 엄마의 선한 우정이라고 하면 당연히 나올 줄 알고 있던 성함이다. 내가 아주 어린 시절부터 서로 알고 지내던 아주머님이자 내 친구의 어머니이신 분이다. 서로 꽤 떨어진 위치에 살고 계시지만, 언제든 서로에게 서로가 필요하다고 느끼실 때는 먼 걸음을 마다하지 않고 단숨에 몇 시간이 걸려서라도 달려오고 달려가는 그런 우정이다. 우리 엄마와 엄마의 선한 우정이신 그 아주머님, 두 분 다 한평생 엄마로서, 아내로서, 워킹맘으로서 너무나 멋지게 살아오신 분들이다.

　어린이에서 벗어나 어른이 된 지금 나는 가끔 엄마에 대해 예전과는 다른 관점으로 생각해 본다. 엄마는 나에게 늘 사랑이 가득하고 행복만을 보여 주셨다. 그런데 요즘 육아에 대해 이런저런 생각을 하게 되고 이야기를 듣다 보니, 육아가 마냥 행복한 순간만 있는 것은 아님을 알게 되었다. 물론 아이가 주

가짜 친구들을 잃을 때 당신은 누구도 잃는 것이 아니다.
- 조안 제트

는 기쁨과 행복이 그 모든 힘듦을 상쇄시킬 정도로 크다고는 하지만, 한 인격체를 책임진다는 것이 여간 힘든 일이 아니다.

그렇다면 우리 엄마와 그 아주머님도 분명 나와 친구를 키우며 우리로 인해 엄청나게 힘든 순간이 많았을 것이다. 그 모든 어려움을 극복해 나가는 과정에서 서로에게 큰 힘이 되어주는 존재로서, 그렇게 두 분은 선한 우정을 더욱 공고히 하셨을 테다. 그런 생각을 하니 괜히 엄마에게 투정 부리고 속을 썩였던 지난날의 나의 행동들이 유독 밉게 느껴지기도 한다.

나 역시 선한 우정으로 여기는 친구들이 있다. 그중 한 명은 중학교 1학년 때 같은 반으로 처음 만나서 서른이 된 지금까지도 우정을 이어오고 있는 친구이다. 대학 시절에는 방학 때 본가에서 만나면 5일 중 5일을 만나서 수다를 떠는 시간을 가졌고, 현재도 가까이 살면서 소소한 일상 속 수다를 이어가고 있다. 중학생 때는 그 시절의 최대 관심사에 대해 이야기했고, 성인이 된 지금은 또 지금의 관심사에 맞는 이야기로 자연스

친구를 가지는 유일한 길은 친구가 되는 것이다.
- 랄프 왈도 에머슨

레 대화의 주제가 바뀌어왔다. 10년, 20년이 흘러서는 또 그
때의 우리 상황에 맞는 또 다른 이야기를 하고 있을테다. 대화
주제는 서서히 변해 가지만, 서로를 존중하고 응원하는 그 마
음은 변치 않기에 긴 시간이 지난 지금까지도 이 관계를 선하
게 이어갈 수 있는 게 아닐까 하는 생각이 든다.

늘 나는 친구가 많은 편은 아니었다. 이에 대해 다양하게 생
각할 수 있겠지만, 개인적으로는 나의 이런 좁은 인간관계에
대해 긍정적으로 생각한다. 좁은 인간관계이더라도 필요에
의한 우정, 여흥을 위한 우정을 모두 아우를 수 있는 선한 우
정에 해당하는 친구들이라면 충분히 괜찮은 인간관계이지 않
을까? 아는 사람이 많더라도 그중 서로를 진심으로 존중하고
상호 응원하게 되는 것은 결국 나와 다양한 부분에서 교감하
고, 가치관이 맞으며, 그래서 서로를 이해할 수 있는 소수이기
때문이다.

결국 '우정', '인간관계'라는 화두에 대한 결론은 역시나 단

친구는 제 2의 자신이다.
– 아리스토텔레스

순하다. 서로를 존중하고 응원할 수 있는 친구들과 선한 우정
을 이어가는 일, 그리고 사랑하는 우리 가족들과 선한 우정을
쌓아 가는 일이다.

　꾸뻬씨 덕분에 사랑하는 나의 친구들을 다시 한번 떠올려
보는 시간을 가질 수 있었다. 이렇게 떠올린 김에 그 친구들에
게, 그리고 영혼의 단짝인 나의 남편에게 애정이 듬뿍 담긴 문
자를 남겨야겠다.

3부

인생을
잘 산다는 것

책 속 한 줄의 힘

정현진

01 교사의 봄은 어디에서 오는가?

"우리의 삶은 지나가 버린 날이 아니라 영원히 기억될 날들이다."

- 『행복의 감각』 중에서, 마이크버킹

아이들과의 21번째 '봄의 계절'을 맞이하였다. 선생님이 되고 난 후 봄의 계절은 '여유'가 사라진 시간, 아이들의 적응을 돕기 위한 분주함의 피로가 쌓인 숙면의 계절이기도 하다. 문득 교사의 봄은 이렇게 내 마음에 머무를 틈도 없이 스쳐 지나가는 걸까? 하는 아쉬움이 들었다. 그리고 나의 과거의 봄, 현재의 봄, 미래의 봄의 의미를 생각해 보았다.

언제쯤이면 여유롭게 봄을 느낄까? 내 인생의 봄은 과연 언제일까? 어떻게 나의 진짜 봄을 찾을 수 있을까?

부모님의 따뜻한 사랑이 삶의 첫봄의 시작이었다.

  '봄'이라는 계절의 사전적 의미가 아닌 조작적 의미를 생각해 보았다. 봄은 새싹, 햇살, 따뜻함, 희망, 미소, 사랑이 떠오른다. 그럼 인생이라는 계절의 나의 봄은 과거, 현재, 미래에서 누구와의 어떤 경험으로 기억될까? 두 눈을 지그시 감고 타임머신을 타고 봄바람을 따라가듯 나의 봄의 기억을 그려본다.

  나의 첫 번째 봄은 바로 가족이다. 나는 사랑과 헌신이 가득한 부모님의 소중한 딸로 태어나 따뜻한 첫 봄의 계절을 보냈다. 부족한 환경에서도 최선을 다해 나를 위해 애쓴 부모님, 누군가를 아낌없이 사랑한다는 것이 무엇인지 삶으로 보여주신 부모님의 따뜻한 마음과 헌신이 내 삶의 첫봄이었다. 주말이면 맛집을 찾아 가족과 함께 간 나들이, 힘들고 어려운 시간에 함께 걸으며 나누었던 대화, 아빠의 사랑의 필체가 묻어난 크리스마스 카드를 읽던 감동적인 순간, 내가 얼마나 소중한 존재인지 온 삶으로 보여주신 부모님과의 시간이 내 첫봄의 새싹이었다.

우리의 삶은 지나가 버린 날이 아니라 영원히 기억될 날들이다.

'내가 나중에 부모가 되어도 부모님 같은 부모는 될 수 없을 것 같다.'라는 마음이 생길 만큼 부모님은 여전히 나에게 마음으로 울림을 준 인생의 가장 따뜻한 햇살이다. 세찬 비바람이 불어도 다시금 봄의 희망을 선물하는 가족이 있어 겨울에도 희망을 품을 수 있다.

나의 두 번째 봄은 아이들이다. 계절은 어김없이 돌고 돈다. 봄의 계절은 흐르고 흘러 삶의 차가운 겨울 속에 나를 남겨 두기도 하였다. 예기치 못한 아빠의 사업 실패로 우리 가족은 각자의 삶에서 홀로 외로운 싸움을 하며 이겨내야 하는 때가 있었다. 봄의 따스함으로 물들여진 나는 이 겨울을 어떻게 보내야 할지 너무나 막막했다. 그때 아이들을 만났다. 첫 교사로 부임한 날 10명의 아이들이 나를 보고 울기 시작한 첫 순간을 아직 잊지 못한다.

초보 교사인 내가 어떻게 이 아이들을 책임지고 가야 할지 막막해서 울고 싶었던 그 시간들은 아이들의 눈물을 닦아 주고, 안아 주고, 챙겨 주면서 조금씩 서로에게 따스하게 물들어

이 작은 아이들을 품어 주는
가치 있는 존재가 될 수 있음에 삶의 의미를 더하게 되었다.

갔다. 로렌츠의 각인 이론처럼 서로의 삶의 '첫 선생님, 첫 아이들'로 만난 우리는 얼어붙었던 마음에 봄의 햇살의 온기가 되어 기억된다. "우리 선생님 참 좋다!" '참'이라는 말로 '참됨'의 일을 깨닫게 해 준 아이들, 이 작은 아이들을 품으며 성장시키는 가치 있는 내 일을 통해 삶의 의미를 더하게 되었다.

아이들은 다 배운 어른이라고 착각한 내가 얼마나 모르는 것들이 많은지 삶에서 일깨워 주고 배움으로 나를 이끌었다. 이 가치 있는 일을 더 잘하고, 아이들을 더 잘 이해하기 위해서 배움을 놓치지 못하고 지금까지 아이들과 함께하게 되었다.

나의 세 번째 봄은 '엄마 됨'이다. 아이를 가르치는 선생님과 엄마의 역할 사이에서 온 딜레마! 교사의 삶으로 살아오던 내가 엄마가 되며 던진 첫 번째 나의 질문은 '내 아이를 곁에서 키우지도 못하면서 왜 나는 다른 아이들을 위해 일하는가?'였다. 너무도 작은 내 아이를 품지도 못하고 2달의 출산 휴가를 마치고 출근하는 길에 수없이 스스로에게 질문하며 눈물을 흘렸던 시간 속에서 스스로 정답을 찾았다.

내가 지키는 것이 나를 지킨다.

　'소중한 내 아이 한 명을 담기에는 내 그릇이 너무 커서 더 많은 세상의 아이들을 품으라고 하늘에서 임무를 주신 것이 구나!' 그때부터 아이들의 존재 속에 그 가족의 시간들이 보였다. 아이가 태어나기 전 부모님께서 품었던 따뜻한 시간, 아이가 태어났을 때의 기쁨, 자라나는 과정에서 수없이 부딪히는 일상의 아픔과 외로움, 긴장과 기쁨의 순간의 결과가 내가 바라보는 우리반 아이들이었다.

　각자의 달란트를 가지고 태어난 소중한 아이들이 중심이 되는 가족의 삶의 스토리 속에 내가 존재하는 것, 그러니 내가 얼마나 가치 있는 존재의 엄마이자 교사인가? 그때부터 나의 일은 '내가 지키는 것이 나를 지킨다.'라는 나의 철학이 뿌리가 되었다. 소중한 우리 반 아이들을 잘 키운다면 이 아이들이 바르게 자라 좋은 세상을 만들고, 좋은 세상에서 내 아이가 호흡하고 살아갈 것이라고 생각하니 더 깊은 사명감이 생겼다. 소중한 내 아이를 보지 못한 시간을 엄마로서 가치 있게 써야겠다는 애틋한 엄마의 마음과 교사의 사명감이 더해져 지금까지 현장에 남아 있도록 이끌었다.

사랑하면 알고 싶어지고 알고 나면 보이나니
그때 보이는 것은 전과 같지 않으리.

　나의 네 번째 봄은 배움이다. 한 가지 일을 오랫동안 열정적으로 유지한다는 것은 쉽지가 않다. 하지만 배움의 가장 밑바탕은 사랑이다. 사랑하면 궁금하고, 궁금하면 알고 싶어지고, 알고 싶으니 배우게 되는 것이다. 아이들은 그런 배움의 존재이다. 수많은 아이를 만나 왔어도 어느 한 해 똑같은 아이가 한 명도 없으며, 같은 스토리의 하루도 존재하지 않는다. 아이를 키우는 일이란 끊임없는 불확실성과 이론적으로 적용되기 어려운 개별성이 존재하여 정답이 없다. 발달 관점에서의 이해, 심리적인 통찰, 학문적인 적용 등 많은 것을 알아도 쉽게 적용되지 않는 아이들의 일상은 어쩌면 불분명하기에 더 흥미롭고, 더 역동적인 배움을 끌어낸다. 『다산의 마지막 질문』의 "배우고 익히니 이 또한 기쁘지 아니한가?" 명언처럼 배운다는 것은 꿈을 꾸는 일이며, 가르친다는 것은 희망을 노래하는 일임을 느끼기에 배움의 즐거움을 놓을 수가 없다.

　나의 다섯째 봄은 사람이다. 가족, 아이들, 배움과 연결된 과정에서 만난 소중한 사람은 일상의 활력을 주는 또 다른 봄이다. 삶의 여정에 많은 사람을 만나고 헤어지지만, 지금 내 곁에 여전히 남아 있는 사람들에 대한 소중함이 나이가 들어갈수록 더 깊어진다. 언제라도 부르면 달려와 주는 친구, 내 영혼이 지칠 때 친정처럼 나를 품어 주는 친언니와 같은 언니들, 항상 나를 위해 응원해 주고 지지해 주는 선생님들, 학부모님들 모두가 내 편이 될 수는 없지만 내 편은 항상 곁에 있다. 또한, 한 발짝 디딘 새로운 걸음으로 만난 성장의 멘토들과 멋진 교수님과 저자들, 내가 앉은 자리에서 성장할 수 있도록 자극을 주고 멘토가 되어 주는 많은 사람을 만난 걸 보면 참 나는 인복이 많은 사람이라는 생각이 든다.

결국 인생의 봄은 사랑으로부터 시작되어 사랑으로 연결된다. 가족의 사랑으로부터 시작된 내 자존에 대한 가치로움이 아이들과 연결되고, 아이들과의 시간은 또 다른 배움과 성장, 소중한 사람들로 연결되니 봄의 희망은 계절이 지나도 여전히 존재하는 것이다.

인생의 봄은 사랑으로부터 시작되어 사랑으로 연결된다.

교사의 봄은 언제 오는가? 한탄에서 시작된 물음이 되돌아보니 과거, 현재, 미래, 지금도 존재하고 있었구나! 감탄의 깨달음과 감사함으로 돌아오게 된다. '행복은 멀리 있는 것이 아니라 가까이 있다'는 식상한 말은 어쩌면 가장 정답인지도 모른다.

사람은 각자의 스토리대로 살아가는 이미 작가이다. 내가 기억한 시간이 차가운 겨울로 기억될 날들인지, 소중한 봄의 기억으로 기억될지는 내 생각과 태도에 달려 있다. 봄은 지나고 나면 어김없이 또 봄이 돌아온다. 과거의 봄, 현재의 봄, 미래의 봄을 대하는 내 마음가짐으로부터 봄은 시작된다. 이해인 수녀의 「봄과 같은 사람」의 시처럼 늘 깨어있고, 현재 주어진 상황에서 자신의 것을 최선으로 다한 사람, 희망을 잃지 않는 사람이 되어 내 인생의 봄을 감사한 마음으로 맞이해야겠다.

오늘도 아이들은 산책을 하며 어김없이 낮은 곳에 미소 짓고 있는 노오란 민들레를 지나치지 않고 삼삼오오 앉아 구경

살아온 삶이 채워지는 삶이 되고,
채워지는 삶이 새겨지는 삶이되는 것은 결국 나의 몫이다.

한다. 그리고 그 옆을 지나가는 개미의 작은 움직임에도 환호성을 지른다.

　봄은 마음을 비우고, 마음을 낮추어 아이들의 마음으로 세상을 바라보면 항상 존재한다. 노란 민들레가 민들레 홀씨가 되어 또 다른 곳에서 봄의 씨앗을 퍼뜨리듯이 나의 마음에도 행복의 씨앗을 담아 본다. 가장 겸허하고 낮은 자세로 세상을 바라보는 법, 내가 아이들로부터 배운 또 다른 방식의 봄의 사랑이고 봄의 희망이다. 그리고 앞으로도 내가 배워 가고 찾아가야 할 삶의 봄이다. 『아이를 사랑하는 일』의 92세 저자처럼 아이들 속에서 삶의 희망을 오랫동안 찾고 간직하고 싶은 나이기에 앞으로 기억하고 만들어 낼 봄들이 더 기대가 되는 봄이다.

　교사의 봄은 바로 여기 내 마음에 존재한다. 살아온 삶이 채워지는 삶이 되고 채워온 삶이 새겨지는 삶이 되는 건 결국 나의 몫이다.

오주화

02 오늘도 당신의 파랑새와
인사를 나누었나요?

"행복이 존재한다는 말은 행복하기 위해서 무언가를 성취할 필요가
없다는 뜻입니다. 인간에게는 '지금, 여기'에 이미 행복이 '있는 것'이
죠. 그러니까 나이가 들어 무언가를 할 수 없게 되더라도 그 무력함이
행복에는 아무런 영향을 끼치지 않는다는 뜻입니다."

- 『마흔에게』 중에서, 기시미 이치로

틸틸과 미틸 남매의 모험이 담긴 이야기 『파랑새』를 우리
모두 잘 알고 있다. 원작은 모리스 마테를링크가 쓴 희곡이
다. 처음 '파랑새' 이야기를 접한 것은 텔레비전 한 아동 프로
그램이었다. 초등학생이었던 나는 파랑새가 실제로 없고, 이
야기 속에 있는 상상의 새라고 생각하여 꿈에서 보는 것이 작

네가 어디에 있던 넌 꼭 행복을 찾을 거야.
- 영화 「모아나」

은 소원이었다. 지금은 궁금한 것이 있으면 스마트폰으로 검색하여 웬만한 것은 즉시 그 자리에서 다양한 정보를 알 수 있지만, 당시는 어려웠기에 가능했던 어린아이의 행동이었다.

그로부터 조금 더 성장한 후 중학교 때 도서관 백과사전에서 파랑새 사진을 보고 '아, 실제로 있구나!' 하며 같은 지구에 함께 살고 있다는 사실이 신기했다. '파랑새' 이야기를 쭉 읽어 보면 마지막 부분에서 틸틸과 미틸 남매가 자신들의 오두막집에 있던 새가 '파랑새'임을 알게 된다. 상상의 새가 아니라는 것을 이야기의 마지막 부분에서 알려준다. 그런데 나는 왜 파랑새가 이 세상에 없다고 생각했을까?

파랑새 이야기와 관련된 동요로 '파란 나라'라는 노래가 있다. 가사를 잘 살펴보면 "파란 나라를 보았니? 꿈과 희망이 가득한, 파란 나라를 보았니? 천사들이 사는 나라"로 시작한다. 노래를 들으면서 이 세상에 존재하지 않는 나라의 모습을 제시하고 있기에 '파란 나라'는 상상 속에 있는 나라로 여겨진다. 그러나 마지막 부분에서는 파란 나라를 어린이들이 도와 주면 만들 수 있다고 말하며 끝난다. 은유와 암시가 담긴 노래 이기에 어린이의 도움으로 만들 수 있는 '나라'는 진짜 나라 가 아니라 마음의 눈으로 보면 찾을 수 있는 작은 행복이 있는 우리 삶의 모습이다. 그런데 왜 나는 '파란 나라'를 희망의 나 라라고 생각하고, 이 세상에서 볼 수 없는 나라의 모습이라고 만 생각했을까?

박웅현 작가는 『여덟 단어』에서 "행복은 풀과 같습니다. 풀 은 사방천지에 다 있어요. 행복도 그렇고요."라고 말한다. 우 리는 이 글을 읽고 "음, 그렇지." 하며 고개를 끄덕인다. 그러 나 "행복이 뭐야?" 하고 질문을 들으면 대부분 추구하는 것, 바 라는 모습 등을 말한다. 방금 행복이 사방천지에 있다는 말에 공감한 것과 다른 대답이다.

우리는 파랑새 이야기의 앞부분만 기억하며 행복을 희망과 동의어로 생각한다. 행복은 앞에서도 살펴본 것처럼 주변에 오늘도 당신의 파랑새와 인사를 나누었나요?
그렇다면 지금 당신은 행복합니다.

가까이 있고, 아이들의 손으로 만들 수 있으며, 들판의 풀처럼 여기저기 있어서 우리가 찬찬히 살펴보면 바로 발견할 수 있다. 하지만 힘들고 어려움에 처했을 때, 절망적일 때 "행복이 그렇게 가깝고, 쉽게 얻을 수 있는 것일 리가 없어."라고 하며, 행복은 열심히 노력해야만 얻을 수 있고 도달할 수 있는 희망이 된다.

다시 파랑새 이야기를 살펴보면, 틸틸과 미틸도 요술쟁이 할머니에게서 파랑새에 관해 들었을 때 그렇게 멋진 새는 노력해야 찾을 수 있다고 생각한다. 그래서 파랑새를 찾는 모험을 시작한다. 틸틸과 미틸도 우리처럼 파랑새를 찾는 것은 희망이라고 여겼다.

나이가 들면 행복하게 지내야겠지만 기운이 없다는 이유로 그냥 무기력해진다. 부모님의 모습을 보면 더욱 그런 생각이 강하다. 자식들을 키우느라 자신을 잠시 잃어버린 부모님, 실패에 익숙해 무기력해진 젊은이, 성적에 몰입해 나를 잊은 학생과 직장에 몰두하면서 정신없는 우리가 행복해지는 방법은 무엇일까?

틸틸과 미틸이 그렇게 찾아 헤매었던 파랑새는 그들의 초라한 오두막에 있었다. 우리도 조금 마음을 가라앉히고 들판의 싱싱한 초록이 넘치는 풀을 보듯 지금 내 옆에 자리하고 있는 행복을 찾아보자. 찾은 행복을 느끼며 감사의 인사를 해 보자. 행복은 이미 있는 것이기에 무력함이 마음의 눈을 방해하여 행복을 찾지 못하도록 하지 말자. 오늘도 나의 파랑새를 바라보며 인사 나누고 감사하는 것만으로도 우리는 충분히 행복할 수 있다.

"오늘도 당신의 파랑새와 인사를 나누었나요? 그렇다면 지금 당신은 행복합니다."

박영미

03 매 순간 이뤄내는
작은 성취에 집중하자

　김민식 작가의 『매일 아침 써봤니?』를 읽고 작가의 다른 책을 찾아 읽었다. 그렇게 읽은 책이 『내 모든 습관은 여행에서 만들어졌다』이다. 독서를 즐기고, 여행을 즐기고, 외국어 공부를 즐기면서 글 쓰는 삶을 살아가고 있는 이야기로 내가 꿈꾸는 삶의 모습이기에 진한 여운이 남는 책이다. 작가와 공통점도 많다. 걷기를 좋아하고 자전거 타는 것을 좋아하고 그래서 더욱 격하게 공감이 가는 문장을 만났다.

　"자전거로 산을 오를 때 나름의 요령이 있어요. 먼 곳을 보면 안 됩니다. 시야를 저 멀리 정상에 고정하면 힘들게 페달을 밟아도 진도가 나가는 것 같지 않아 금세 지칩니다. 시선을 코앞에 있는 아스

팔트에 고정해야 합니다. 시선이 바로 앞에 있으니 앞바퀴가 구르
면서 조금씩 나아가는 걸 실감할 수 있어요. 매 순간 이뤄내는 작은
성취에 집중합니다. 그러다 보면 어느 순간 갑자기 눈앞이 확 트이
면서 정상에 서 있게 돼요."

- 『나의 모든 습관은 여행에서 만들어졌다』 중에서, 김민식

나는 자전거를 늦은 나이에 배웠다. 겁이 많아 언덕만 만나
면 못 올라간다는 생각에 페달 밟고 있는 발은 저절로 언덕 앞
에서 멈춰 섰다. 그리고 힘겹게 끌고 올라갔다. 2020년 여름
코로나로 힘든 시간을 보내면서 제주도 자전거길 완주를 계
획했다. 한 가지 다짐을 했다. 자전거에서 내려오지 않겠다
고. 언덕을 만났을 때 온 힘을 다해 오직 페달 밟는 것에만 집
중했고, 그렇게 언덕 정상에 올라와 있었다. 이제 언덕이 겁나
지 않는다. 지금 내 발에 있는 페달만 열심히 밟으면 된다는
것을 알고 경험했기 때문이다.

33년 6개월을 교사로 살다 퇴직을 계획하면서 앞으로 어떤
모습의 삶을 그려 나갈까 고민의 시간을 보냈다. '세상에 이

하루. 오늘을 잘 보내자.

런 일이'에 98세에 스키를 타시는 분이 나왔다. 60세에 배워서 95세까지 타야지 했는데 지금도 건강하게 타고 있다며 환하게 웃으시는 모습이었다.

　무엇인가를 시작하고 배우는 데 늦은 나이는 없다. 『꿈꾸는 다락방』에서 "당신이 몇 살이든 상관없이 오늘은 당신의 남은 인생에서 가장 젊은 날이다."라고 했다. 퇴직 후의 삶에 대하여 용기를 내어 본다. 좋아하는 걷기, 등산, 자전거 등 여행을 하면서 경험하고 느끼는 것을 글로 쓰는 사람으로 살아보자는 목표를 세웠다. 목표를 세웠지만 어떻게 해야 하는지, 글은 어떻게 써야 하는지는 알 수 없다. 멀리 보고 처음부터 글쓰기에 집중하면 안 써지는 글로 스트레스받다가 포기할 수도 있어 스스로에게 질문했다.

　"어느 순간 김민식 작가와 같은 사람이 되어 있으려면?"
　"하루 동안 이뤄내는 작은 성취에 집중하자."

하루 동안 이뤄내는 작은 성취에 집중한다.

하루의 시간을 계획하고 실천을 시작했다. 하루를 잘 보내는 건 잘할 수 있을 것 같아서다. 나의 하루는 미라 클모닝, 필사, 감사 일기, 책 읽기로 시작한다. 오전 책 읽기가 끝나면 도서관도 가고, 하고 싶었던 일을 하면서 여백의 시간을 보내고 저녁 잠들기 전 책 읽기로 하루를 마무리한다. 언덕을 오르는 자전거 페달을 밟듯 시간에 집중하니 오늘도 하루를 잘 보냈다는 성취감에 에너지가 생긴다.

작은 성취들이 모여 꿈이 이루어지게 해 줄 것이다. 꿈을 이루어 가는 시간을 즐기고 새로운 인생의 목표로 좋은 인연을 만나는 것은 또 다른 행복이다.

오늘도 마음속으로 외쳐 본다.

"하루, 오늘을 잘 보내자."

유영미

04 야호! 무엇을 할 수 있게 되었다!

한국인 최초 존스홉킨스대학 소아청소년정신과 교수인 지나영 교수님의 『들숨에 긍정 날숨에 용기』를 즐겁게 읽었다. 청소년 대상 도서라 이전 도서들보다 더 다정하고 따뜻한 느낌이 들었다. 소아청소년정신과 교수 출신 작가가 쓴 책이라서 그런지는 몰라도 책에서 제시하는 다양한 요법(?)들이 모두 마음에 와닿았다. 그녀는 여러 가지 방법을 '영업 비밀'이라고 소개하는데, 왠지 의사들의 영업 비밀이라고 하니 무조건 따라 해야겠다는 생각이 들었다. 여러 가지 영업 비밀 중에서 한 가지 인상 깊었던 방법을 소개하고자 한다.

"지금 여러분이 억지로 하는 일들이 있다면 'I have to' 대신 'I get

to'를 붙여 보세요. 이렇게 생각을 바꾸면 뇌에서 당장 놀라운 변화가 일어나기 시작할 거예요."

-『들숨에 긍정 날숨에 용기』 중에서, 지나영

'Have to'는 꼭 해야 하는 '의무'가 담긴 표현이고, 'Get to'는 무엇인가를 할 수 있는 기회를 얻었다는 '감사'가 담긴 표현이다. 내일 워터파크에 가게 된 아이들은 '나는 내일 워터파크에 가야만 해(I have to go to the water park tomorrow).'라고 말하지 않을 것이다. 누가 시키지 않아도 '나 드디어 내일 워터파크에 가게 되었어(I get to go to the water park tomorrow)!'라고 외치며 동네방네 소문을 내고 다닐 것이다.

이것이 바로 지나영 교수님이 말하는 'I have to'와 'I get to'의 차이다. 'I get to'라는 단어에 이렇게 심오한 인생의 정답이 숨겨져 있는지 몰랐다. 이제는 'I get to'라는 단어를 떠올릴 때마다 신이 난다. 놀이동산 가기 전 그 마음! 워터파크 가기 전 그 설렘이 감각적으로 떠오르기 때문이다.

이제 내게는 'I get to'가 마법 같은 주문이 되었다.

그동안 'I have to go to school.'이라고 생각한 적이 많았다. 아이들 가르치는 일, 업무를 처리하는 일로부터 도망치고 싶은 날들도 있었다. 그런데 'I get to go to school.'이라고 외치는 순간 뇌에서 도파민이 분비되기 시작했다. 내 머릿속에서는 학교가 놀이동산과 동일시되었기 때문이다.

실제로 학교는 절대 놀이동산이 될 수 없다. 그러나 내가 'I get to'라는 단어와 불꽃놀이 중인 놀이동산의 모습을 일체화시켰기 때문에 그 뒤에 무엇을 붙이든 머릿속에서는 불꽃놀이 장면이 떠오른다. 미안하지만 일단 뇌를 속이고 보는 것이다. 그렇게 하면 오늘 학교에서 왠지 기분 좋은 일이 생길 것만 같은 행복한 느낌이 든다.

'I get to'라는 표현의 의미와 심상을 알게 되니 이제 내게는 'I get to'가 마법 같은 주문이 되었다.

눈을 뜨게 되었구나. 하루를 또 살 수 있게 되었구나. 가족

하루에도 나에게 수많은 기회가 주어진다.

들과 이렇게 웃을 수 있게 되었구나. 나의 가치를 인정해 주는 일터가 있어서 일할 수 있게 되었구나. 엄청나게 귀여운 1학년을 가르칠 수 있게 되었구나. 글을 쓸 수 있게 되었구나. 나의 글을 다른 사람과 나눌 수 있게 되었구나.

하루에도 나에게 수많은 기회가 주어진다. 그 기회를 '의무'가 아닌 '감사'로 변화시킨 단어 'I get to'에 감사한다. 'I get to' 덕분에 내 인생은 더 이상 숙제가 아니다. 이제는 축제다.

I get to say, "I get to do it!" (야호! 내가 "무엇을 할 수 있게 되었어!"라고 말할 수 있게 되었다!)

김지은

05 공감의 온도

"너무 뜨거워서 다른 사람이 부담스러워하지도 않고 너무 차가워서 다른 사람이 상처받지 않는 온도는 따뜻함이라고 합니다. 보이지 않아도 느껴지고, 말없이 전해질 수 있는 따뜻함이기에 우리들은 마음을 나누는 것입니다."

- 『마음의 온도는 몇 도일까요?』 정여민

"나도 그러면 안 된다는 것을 알고 있는데 그게 마음대로 안 돼요."

고민을 이야기하는 사람들은 이미 답을 알고 있다. 다만 누군가의 한마디 지지와 응원이 안 되겠다고 생각하며 꼼짝하지 않는 나를 움직이게 하기도 한다.

서로의 장점을 찾아 칭찬하고 상대를 배려하며 말을 건네는 연습을 한다.

12세 아이들이 초등학교의 국어 시간에서 처음으로 배우는 단원명은 '대화와 공감'이다. 서로의 장점을 찾아 칭찬하고 상대를 배려하며 말을 건네는 연습을 한다. 공감하며 대화하는 연습까지 하고 난 다음에는 직접 친구의 고민에 대한 나름의 해결 방법을 제안하는 것으로 이 단원은 끝이 난다.

며칠 전, 우리 반 25명의 아이들은 각자 자신의 고민을 적었다. 아이들의 고민을 적은 쪽지는 12세 아이들의 삶에 관한 이야기가 있었다. 키가 안 커서 걱정이라는 고민부터 이젠 좀 친해졌다고 생각했던 친구의 나를 향한 무심한 눈빛, 그리고 이미 멀리 전학까지 왔지만 4년 전 나를 따돌렸던 아이의 모습이 자꾸만 생각난다는 고민까지 아이들은 마음속 이야기를 꺼냈다.

나는 고민의 주인공이 누구인지 알지 못하게 하기 위해 아이들이 제출한 고민 쪽지의 내용을 한글 문서로 타자를 치면서 아이들의 속마음을 헤아리지 못했던 미안함에 착잡했다.

오늘이 바로 1단원의 마지막 시간으로 서로의 고민을 읽어보고 편지를 쓰는 날이다. 아이들은 누구인지 알지 못하는 다 마음의 온도는 몇 도쯤 되시나요?

른 아이들의 고민 쪽지를 하나씩 받았다.

"이 고민의 주인공은 우리 반 학생 중 한 명입니다. 이 고민 중에 어떤 고민은 나에게는 별거 아닐 수도 있겠지만, 그 고민의 주인공에게는 심각한 고민일 수도 있습니다. 고민의 주인공이 누구인지 찾으려 하지 말고 혹시 누구인지 추측이 되더라도 말하지도 말며 그 고민에 대한 여러분의 생각과 조언, 응원을 적어 주세요. 이름은 밝히지 않아도 됩니다."

그리고 예쁜 편지지도 한 장씩 주었다. 40분 동안 편지지 가득 정성스러운 공감과 해결 방법, 응원의 글이 빽빽하게 써지고 있었다.

"우리 마음속 온도는 과연 몇 도쯤 되는 것일까요? 너무 뜨거워서 다른 사람이 부담스러워하지도 않고 너무 차가워서 다른 사람이 상처받지 않는 온도는 따뜻함이라고 합니다. 보이지 않아도 느껴지고, 말없이 전해질 수 있는 따뜻함이기에 우리들은 마음을 나누는 것입니다."

나는 진지하게 친구의 고민을 읽고 편지를 쓰는 아이들을

향해 『마음의 온도는 몇 도일까요?』에 나오는 글귀를 읽어 주
었다.

  그날 오후, 아이들에게 나눠 주기 전에 수업 시간에 쓴 고민
상담 편지글을 읽어 보았다. 아이들은 모두 답을 알고 있었
다. 누군가는 고민하는 아이의 마음을 따뜻하게 안아 주었고,
누군가는 해결 방법을 제시했으며, 누군가는 정 힘들면 자신
에게 오라며 자기가 누구인지 밝혔다.
  툭! 툭!
  눈물이 떨어졌다. 나에게 쓴 글도 아닌데 아이들의 편지를
읽는데 그만 눈물 두 방울이 떨어졌다. 전날 남편과의 말다툼
으로 이미 심연 속으로 가라앉았던 냉랭했던 마음이었다. 나
는 남편 말에 공감하지 못했고, 남편 역시 내 상황을 이해하지
못했다. 서로 날카로운 말을 주고받았고 나는 더 이상 말하지
않으리라 얼음장같이 단단하게 굳어진 내 감정을 깊은 곳에
묻어 버렸었다.
  혹시나 아이들의 편지지에 눈물방울 자국이 있을까 봐 급하

공감은 마치 열이 따뜻한 곳에서 찬 곳으로 이동하는 것처럼 전달된다.

게 살펴보면서 꾹꾹 눌러 쓴 연필 자국을 본 순간 그만 눈물이 봇물 터지듯 터져 버렸다. 그렇게 편지지를 움켜쥐고 한참 동안 주체할 수 없이 터져 버린 눈물을 더 이상 닦지 못하고 그냥 흘려 버렸다.

별것 아닌 고민이라고 내치지 않고 정성껏 그에 관한 공감과 응원의 조언을 하는 따뜻함에 얼음 같았던 내 마음이 녹았나 보다. 공감의 온도였을까? 공감의 따뜻함은 단지 옆에서 지켜보는 사람에게까지 전달되었다. 마치 열이 따뜻한 곳에서 찬 곳으로 이동하는 것처럼.

친구 사이

정여민

나와 나 사이에 수많은 침묵이 있지만
믿음이 있기에
내가 너의 말을 들어줄 수 있고
너도 나의 말을 기다릴 수 있다.

또 용기가 있기에
'미안하다 괜찮다' 말을 전한다.

너와 나 사이에 수많은 틈이 있지만
배려가 있기에
내가 너의 곁에 있을 수 있고
너도 내 곁에서 웃는다.

그래도 오늘도 친구 사이다
그리고 내일도 친구 사이다.

아이들은 따뜻한 배려의 마음으로 수많은 틈 사이사이로 자
유롭게 뛰어다니고 숨을 쉬면서 공감하며 지낸다. 나도 그 틈
을 인정하며 웃어야겠다.
너무 뜨겁지도 차갑지도 않은 온도의 따스함이 전달된다.

임소정

06 빛나는 나, 두렵지 않은 빛

"우리의 어둠이 아닌 우리의 빛이 우리를 두렵게 한다."

- 『하버드 상위 1퍼센트의 비밀』 중에서, 정주영

나에겐 좋지 않은 습관이 있다. 스스로 다른 사람과 끊임없이 비교하면서 자책하는 습관이다. 나를 낮추면서 항상 뒤처지고 있다고 생각한다. 무언가 성취했을 때도 기쁨은 잠깐, 또다른 비교할 대상을 찾아 나와 비교하며 새로운 목표를 만들어 내고, 이루려 노력하고…. 이건 누구나 겪는 과정이라고 생각했고, 난 당연하다고 생각했다. 이렇게 자신을 부추기고 비교해야 배우고 발전할 수 있고, 이 힘든 시간만이 나를 성장하게 만든다고 믿었다. 어둠이 있어야 빛이 있는 법이니까. 그래서 고통의 어둠은 당연하다고 여기고 견뎌 왔다.

그런데 책에서 만난 한 구절이 나를 멈칫하게 했다. 우리의 가장 깊은 두려움은 우리가 상상을 초월할 만큼 능력이 뛰어나다는 것이고, 우리의 어둠이 아닌 우리의 빛이 우리를 두렵게 한다고 말이다. 눈이 부신 순간이었다.

나를 부끄러워하고 다른 사람들과 비교하는 열등감에 빠져 빛내는 것을 두려워했었던 나를 새롭게 발견해 주고 있었다. 그리고 가만히 생각해 보니 의심 없이 자신을 먼저 믿었던 적은 애석하게도 없었다. 내가 무언가를 할 수 있다는 신념과 자신감, 그리고 내가 하는 선택과 가는 방향이 옳다고 생각하는 믿음 자체만으로도 자신을 단단하게 만들고 그 단단함 속에서 의미 있는 변화를 만드는 '나'의 유능함을 몰랐던 것이다.

우리 자신이 스스로 먼저 평범하다고 생각하고 위대한 꿈을 품지 않는 모습을 '요나 콤플렉스'라고 부른다고 한다. 나뿐

자신의 능력을 믿어야 한다. 그리고 끝까지 굳게 밀고 나가라.
- 로잘린 카터

만이 아니라 대부분 사람이 이 콤플렉스를 가진 듯 하다. "저는 못 해요."라며 지레 겁을 먹는 우리 반 아이들에게서도 쉽게 발견할 수 있다.

앞으로 나는 나의 '빛'을 두려워하지 않기로 했다. 넘쳐나는 능력과 자신감 속에서 도전하고, 할 수 있다고 믿기로 했다. 아직은 모순되게도 나를 가장 잘 아는 내가 나의 가능성을 믿기 힘들어하고 있지만, 나를 더 빛내기 위해 노력하고 싶다. 앞으로 우리 반 아이들에게도 이런 '빛'을 선물해 주려고 한다. 자신을 스스로 믿고, 불안을 떨쳐내라고.

나 같은 사람도 할 수 있다면 누구든 할 수 있으리라 믿는다. '책은 위대한 사람이 쓰는 대단한 내용'이라 믿었던 내가, 지금 이렇게 무언가를 써서 누군가에게 읽히고 있다는 사실처럼.

할 수 있다고 믿는 사람은 그렇게 되고,
할 수 없다고 믿는 사람 역시 그렇게 된다.
- 샤를드골

우리의 빛을 두려워하지 말기!

빛나는 나를 마주하기!

임예원

07 아무렇게나 한다. 그럴지만 한다.

　11년 전, 태국 치앙마이를 여행할 때였다. 한국인이 운영하는 게스트하우스에 며칠 묵은 적이 있다. 그 게스트하우스 운영자는 그곳을 방문하는 여행객들에게 종이를 주며, 자신의 꿈을 적어서 하얀 자작나무에 걸어 두는 이벤트를 하였다. 그 당시 내 꿈을 적어 그 자작나무에 걸어 두고, 나의 여행 수첩에도 간단히 적어둔 기억이 있다. 10년의 세월 동안 나는 결혼을 하고, 아이도 낳으면서 자연스레 어떤 꿈을 적었는지 까맣게 잊고 있었다. 지난해 이사를 하며 우연히 책상 서랍에서 그 여행 수첩을 발견하고, 나는 깜짝 놀라 소름이 돋을 정도였다. 몇 개의 메모 중에 나를 놀라게 했던 건 바로, 이 문구였다. 딱 10년 만에 발견한 꿈이었다.

> 한 번도 실수하지 않은 사람은 새로운 것을 시도한 적이 없다.
> – 알베르트 아인슈타인

"땅을 사서 집짓기!"

2020년 코로나19 팬데믹이 시작되면서 당시 우리 집의 3세, 5세 남매는 갈 곳이 없어 내내 집안에서 답답한 생활을 해야 했다. 아이들은 외출이 어려워 도시의 아파트 안에서 텔레비전과 책만 보면서 지냈다. 우리 부부는 한창 세상 구경도 하고, 자연에서 실컷 뛰어놀아야 하는 아이들이 너무 안쓰러웠다. 또 시간이 지나면서 코로나19는 더욱 확산이 되어 갔고, 몇 달 이내로는 절대 끝날 거 같지 않으리라는 예상으로 우리는 시골에 땅을 사기로 했다.

그런데 두 가지 현실의 벽이 있었다. 먼저, 부부 공무원인 우리는 직장을 바로 쉽게 옮길 수 없었다. 또 도시의 편리한 삶을 완전히 뒤로하고 떠날 수도 없었다. 그래서 선택한 것이 바로 '5도 2촌'이다. 일주일의 5일은 도시에서 생활하고, 나머지 2일은 러스틱 라이프(rustic life)라고도 하는 전원의 생활을 즐기자는 것이다. 그렇게 우리 가족은 시골 생활의 꿈을 현실과 적절히 타협했다.

우리는 2020년 무더운 여름날을 시작으로 주말마다 땅을 보러 다니기 시작했다. 땅을 사 본 적도 없고, 어떻게 땅을 사는 줄도 몰랐고, 어떤 땅을 사야 하는지도 몰랐다. 그저 맨땅에 헤딩하는 심정으로 인터넷 검색부터 했다. 그런데 코로나19로 인해서인지 다른 여러 요인 때문인지는 몰라도 땅값이 두 배 이상 올라 있었고, 우리가 가진 돈으로는 원하는 지역의 땅을 10평도 살 수가 없었다. 인터넷 부동산 앱을 열고, 우리가 가능한 금액을 설정한 뒤, 매물을 찾아보기 시작했다. 처음에는 꼭 집에서 30분 이내의 땅만 알아보자고 다짐했다. 그런데 자금의 압박으로 어느새 1시간 이상의 땅들을 알아보고 있었다.

　　그리고 무턱대고 땅을 파는 부동산 중개사무소에 전화해서 하나하나 물어보기 시작했다. 그랬더니 촌락의 땅은 농업 보호 구역부터 계획 관리 지역까지 땅의 용도에 따라 나뉘었고, 논, 밭, 대지 같은 지목도 다양했다. 어린 남매를 데리고 승용차로 1시간 넘는 거리를 매주 다니며 허위 매물에 속아서 허탕을 치기도 했고, 자칫 길도 없는 맹지를 살 뻔했던 아찔한 경험도 있었다. 논을 사면 성토를 하고 석축을 쌓아서 집을 지

꿈을 향해 자신 있게 나아가고, 자신이 상상해 온 삶을 살려고 노력한다면
얼마 지나지 않아 예기치 않은 성공을 맛볼 것이다.
– 헨리 데이비드 소로

을 수 있는 땅으로 만들어야 하고, 밭과 임야를 사면 개발 비
용도 많이 든다고 했다. 또 수도와 전기도 끌어와야 하고, 집
을 지으려면 정화조도 심고, 토목공사도 해야 한다고 했다.

집 짓는 과정이 복잡하여 작은 이동식 농막이나 하나 두고
생활할까도 생각했다. 하지만 농막을 주거 용도로 사용하는
것은 불법이라서 깔끔하게 포기했다. 다시 집을 짓기로 하고
건축사무소도 정하고 시공사도 찾아다녔다. 그 과정에서 사
기꾼을 만나서 적지 않은 돈을 떼인 일도 있었다. 정말이지 우
여곡절 끝에 150평 땅에 오두막 같은 작은 집 한 채를 지었다.

생각을 하고 말을 뱉으면 바로 실행하는 나의 추진력과 남
편 특유의 성실함과 책임감으로 우리는 시골에 땅을 사고 집
을 짓는 일을 시작부터 끝까지 마무리하며, '집 지으면 10년을
늙는다'는 말을 실감했다.

그 후로 사람들을 만나서 우리가 땅을 사서 집을 지었다고
하면 자신들은 엄두도 못 내는 대단한 일을 해냈다며 부러워
하는 시선이 많았다. 또 한편으로는 시골집을 어떻게 관리하
냐며 걱정스러운 눈빛도 많았다. 그러면서 대부분은 자신의

로망이 시골에 땅을 사서 집을 짓고 텃밭을 일구는 것이라고 말했다. 그야말로 로망이라고 했다. 그러면 나는 늘 하는 말이 있다. "하세요. 지금부터!"

"아무렇게나 한다. 그렇지만, 한다. 나는 무얼 해도 아무렇게나 한다. 실용적인 목적이 없어도 되고 남들을 이길 필요도 없다. 하는 것이 목적이기에 실패하거나 못하는 건 없다. 하다가 말아도 괜찮다. 그래서 별로 신중하게 생각하지 않고 일단 하고 본다. 걱정하지 않고 행동으로 옮긴다. 그렇게 사는 게 나의 삶이라고 생각하니까."

－『숲속의 자본주의자』 중에서, 박혜윤

이 책의 막바지에 저자는 그녀의 생각을 정리해서 강조한다. 이 부분을 읽고서 "앗! 이건 정말 난데, 이대로 계속 살아도 괜찮은 거네."라며 있는 그대로의 나로 살자는 마음을 다시 한번 다졌다.

집을 다 짓고 나서 사람들은 내게 말한다. 왜 집을 그리 작게 지었나, 나중에 아이들이 크면 따로 자야 할 텐데, 손님들이 오면 어쩌려고, 집의 지붕과 외벽재는 이런 것이 좋았을 텐

그 여정이 바로 보상이다.
- 스티브 잡스

데, 마당이 너무 삭막하네.

나는 꿈을 단 한 번도 구체적으로 적은 적이 없다. 예를 들어, "언덕 위에 하얗고 멋진 집을 짓겠어.", "땅 500평에 집은 2층으로 지을 거야.", "도시에서 20분 이내에 집을 짓겠어." 이렇게 무엇도 특정 짓지 않았다. 그저 "땅을 사서 집을 짓자."라고 꿈꿨으며, 그야말로 땅을 사서 집을 지었다. 그뿐이다. 그리고 그 꿈을 이뤘다. 이건 나를 알아 가는 과정이었고, 내 삶의 주인이 되어 내가 정한 방향대로 나아가고 있다는 증거이다. 그 속에서 나에 대한 믿음이 생기고 내 생각의 확신이 생겨났다.

앞선 글에도 언급했지만, 나는 성장도 하며 내려놓고 머무르기도 좋아한다. 음식의 단짠단짠을 즐기고, 냉탕과 온탕을 오가며, 또 도시와 촌락을 오가며 생활한다. 남들이 보기에 멋진 결과물은 없어도 나는 나만의 시각과 태도로 살아간다. 중년의 나이에도 여전히 새로운 도전에 신이 나고, 그러다 지치면 한참을 쉬었다가 또 일어나서 내 길로 나아갈 것이다. 나는 나로서 산다.

정다은

08 나에 대한 타인의 말보다 나를 믿기

"성장한다는 건, 자신에 대한 다른 사람들의 말을 더 이상 믿지 않는 법을 배우는 거야. 정말로 이 물음은 모든 사람마다 다 다르다."

- 『물고기는 존재하지 않는다』 중에서, 룰루 밀러

'세상일에 정신을 빼앗겨 판단을 흐리는 일이 없는 나이'를 뜻하는 불혹이 넘은 나이가 되어서 '성장'이라는 키워드에 대해 깊이 생각해 보았다. 몸무게가 늘고 키가 크는 것과 같은 양적인 성장 개념 외에 한 인간으로서 성장한다는 것은 무엇일까? 누군가는 새로운 경험을 통해 어제보다 더 많은 것을 경험하고 기록하는 것이라고 말하는 반면, 혹자는 비워내고 내려놓는 것이 진정한 성장이라고 보고한다. 그렇다면 모두 성장은 각자의 의미와 방법, 속도를 보인다.

에게 일어나지만 각자의 다른 의미와 방법, 속도를 보이는 그 성장이 나에게 어떤 의미인지를 룰루 밀러의 『물고기는 존재하지 않는다』 책에서 찾아낼 수 있었다.

초기 자의식은 타인의 영향을 받는다고 한다. 즉 타인의 말이나 평가 등이 한 인간의 자아 개념 형성에 기여하는 것이다. 나 또한 어렸을 적에 유사한 경험을 했다. '내가 아는 나와 타인이 바라보는 나 사이의 간극에서 진정한 나는 누구일까'라는 의문을 품었었다. 나에 대한 타인의 기준이나 잣대는 온전한 나를 드러내는 것을 주춤하게 하였고 그들의 기대나 가치에 맞춰 행동할 때가 종종 있었다. 어렸지만 혼란스러웠던 기억이다. 그것이 비록 가장 가까운 주 양육자라 할지라도 말이다.

성장하는 데 있어서 가장 초기에 영향을 주는 존재는 주 양육자이다. 그러나 그것은 흔히들 말하는 '로또'의 영역이다. 양육자를 선택할 수 없을 뿐만 아니라 유년기에는 그들의 가치관이 양육 대상에게 전이될 가능성이 높다. 이러한 까닭으

나에 대한 타인의 기준이나 잣대는
온전한 나를 드러내는 데 주춤하게 한다.

로 어린 시절에 형성된 가치관은 온전한 나의 가치관이라고 단정 짓기 어렵다. 그렇다면 진정으로 자신의 신념과 가치관을 바탕으로 독립적인 인생을 시작할 수 있는 시점은 성인 이후의 삶인 셈이다.

기억을 되짚어 보면, 나는 성인이 된 이후부터 스스로의 가치관과 신념을 정립하는 데 노력을 기울였다. 먼저 본질적인 나와 마주하기 위해 내면을 가만히 들여다보았다.

'나는 누구이며, 좋아하는 것과 싫어하는 것, 할 수 있는 것과 어려운 것, 진정으로 원하는 것, 원하는 삶의 태도와 가치는 무엇일까' 등에 대해 숙고해 본다.

고요한 호수를 바라보듯 내면의 나와 대화하는 시간은 자아를 찾아가는 여정이자 신념과 가치관을 정립할 수 있었던 소중한 시간이었다. 무엇보다 사회의 기준이나 타인의 시선에 따라 규정짓는 나 자신이 아닌, 나의 내면에 요동치고 있는 진정한 나, 고유한 나와 조우하는 찰나였다. 그렇게 나와의 대화를 통해 보편적이며 기성화된 것이 아닌 독자적인 신념과 가

성장한다는 건, 자신에 대한 다른 사람들의 말을 더 이상 믿지 않는 법을
배우는 거야. 정말로 이 물음은 모든 사람마다 다 다르다.

치관을 정립하게 되었다. 그 이후부터 나에게 소소한 경험이
라는 '셀프 선물'을 주기 시작하였다.

가령 어렸을 적 만족스럽게 먹고 싶었던 솜사탕을 종종 사
먹는다거나 크리스마스 때 받고 싶었던 선물들을 나에게 택
배 보내는 것과 같은 일 따위였다.

또한, 경험을 사기 위한 작은 시도와 도전들을 하였다. 배우
고 싶었지만 여의치 않았던 악기를 배우거나, 가보고 싶었던
여행지에서 삶의 의미를 찾고 되새기는 평범한 것 같지만 나
를 채워 주는 특별한 일들이었다. 물론 뜻대로 되지 않을 때도
있었다. 그래도 괜찮았다. 철학자 헤라클레이토스의 "변하지
않는 유일한 것은 변한다는 사실뿐이다."라는 말처럼 삶은 내
의지와 상관없이 지속해서 변화한다. 이러한 이유로 지금이
마음껏 되지 않는 어두운 인생의 터널이라고 여겨진다면 단군
신화 속 곰이 마늘과 쑥을 먹고 사람이 되길 꿈꾸었던 것처럼
어둠 속에서 희망을 가지면 된다. 반면 인생이 내 생각대로 술
술 풀리는 봄날이라면 겸손하되 축제를 즐기듯 만끽하면 된다
고 믿기에 변화하는 것에 두려워하지 말라고 말하고 싶다.

변하지 않는 유일한 것은 변한다는 사실뿐이다.
- 헤라클레이토스

결국 내가 믿는 성장은 보편적으로 알려진 기준이나 타인의 관점에서 바라보는 나로 살아가는 삶이 아니다. 내가 찾아낸 성장은 나의 내면의 알아차림을 통해 알아낸 인생의 이정표가 되어줄 고유한 나만의 가치관과 신념이었다. 그리고 주어진 환경에서 다양한 시도와 도전을 하는 그 일련의 과정 자체였다.

물론 타인의 결정이 우선시되는 것이 더 옳다고 믿는 사람도 있을 것이고, 나의 신념과 가치관 끝에 결과가 없을 수도 있다. 그럼에도 불구하고 자기 결정권을 가진 한 인간으로서 한 번쯤은 자신의 내면의 마음과 생각을 깊이 존중하고 확고히 하는 기회를 본인에게 제공하길 권하고 싶다. 이는 고귀하고 존엄한 가치를 가진 스스로와 마주하는 것만으로도 충분히 의미 있는 시간인 동시에 가치 있는 성장이라고 확신한다.

그러니 지금부터 나에 대한 타인의 말보다 나를 믿고 나로서 살아보길 당부한다.

이현정

09 운명을 역전시키는 법

"자신의 운명, 자신의 인생을 역전시키고 싶다면 용기를 가지고 걸
레를 손에 드십시오!"

- 『청소력』 중에서, 마쓰다 미쓰히로

요즘 나의 관심은 정리다. 사실 미니멀리즘 열풍이 불던 8
년 전부터 관심이 생기기 시작했고 그 관심은 아직도 식지 않
고 있다. 정리할 것은 계속 생기고 있기 때문이다. 살아가는
동안에는 계속 정리를 해야 할 테다. 계속 정리를 하다 보니
내가 하고 싶은 정리가 어떤 것인지는 윤곽이 드러났다. 하지
만 나의 일상은 변하고 정리는 나에게 쉽지만은 않다.

휴직으로 시간이 더 많이 생기면 정리에 시간을 더 쓸 수 있

당신이 살고 있는 방이 바로 당신 자신입니다.

었고, 복직으로 워킹맘 생활을 하면 거기에 맞추어 정리해야 했다.

나는 책 읽는 일이 제일 즐겁다. 책 읽기에도 시간이 부족한데 설거지와 청소를 하라니… 정리가 일상이 되고 즐거운 놀이처럼 하는 방법이 없을까 생각하다가 교사 성장 모임 '자기경영노트 3기'에서 정리 동아리를 만들게 되었다. 정리 동아리에 함께 참가해 주시는 선생님들이 계셔서 날마다 동기 부여가 되고 있다. 나의 정리 패턴을 꾸준히 인증하다 보니 정리가 혼자 하는 외로운 싸움이 아님을 알게 되었다. 각자의 공간에서 열심히 다양한 정리를 하는 '정오의 희망'(정리에 5분만 투자해서 희망찬 날을 보내요.) 선생님들을 존경하고 사랑한다.

그러던 중 『청소력』이라는 책을 읽게 되었다. 나는 주말에는 도서관에 가서 책을 빌린다. 일주일 동안 읽을 책을 비축해 두면 한 주가 즐겁다. 마침 도서관에서 책을 찾던 중 밀알샘이 정리 관련 인생 책, 정리 책 얘기를 했던 것이 생각나면서 서

가로 갔다. 책 이름이 매우 인상적이었으므로『청소력』이라는 제목은 바로 떠올랐다. 사람들의 많은 인기를 얻었는지 책은 많이 낡아 걸레가 되어 있었다. 작가의 경험이 적힌 책이라 그런지 주말 동안 책을 다 읽었다. 읽고 나니 정리 욕구가 생겼다. 책을 덮자 나도 모르게 화장실 청소를 하는 것이 아닌가. 무의식중에 나의 행동이 변한 것이다.

우리는 운명이라는 말을 종종 쓴다. 운명적 만남, 운명적 사건….
아무리 애를 써도 막아낼 수 없고, 싫든 좋든 받아들일 수밖에 없는 것. 예정되어 있어서 피할 수 없는 것. 그래서 우리는 어쩔 수 없이 받아들이자고 체념한다. '피할 수 없으면 즐겨라'라고 하는 긍정적인 반응도 있다.

그런데 이런 고집불통의 딱딱한 바위 같은 운명을 내가 바꿀 수 있다고? 마법사도 아닌데 운명을 좌지우지하는 능력을 갖추게 된다니…. 그래서 이 말은 더욱 솔깃하다. 걸레를 들

문명은 불필요한 필수품을 끊임없이 늘려가는 것이다.
- 마크 트웨인

면 뾰족한 수가 생긴다니….

그런데 한 가지 이상한 것은 폼 나는 마술 지팡이가 아니라 드는 순간 초라해 보이는 걸레?

낡아서 찢어진 수건이나 버리는 옷이 걸레가 되기 마련이라 걸레를 드는 것이 그리 멋진 일은 아닐 터. 사람들이 먼지 쌓인 더러운 곳을 닦다 보니 걸레는 초라하고 비루한 모습일 수밖에 없다. 그런 걸레를 손에 들면 놀라운 일이 생긴다? 믿기 어렵다. 또 용기는 뭐람?

이 구절이 너무 재밌어서 정오의 희망 선생님들께 깜짝 퀴즈를 냈다. 3명에게 추억의 과자, 미쯔 1봉씩을 선물로 드리기로 했는데 4분에 1명, 8분에 1명, 10분 만에 총 3명의 정답자가 나왔다. 오답은 없었다. 어쩜 이 이상한 구절의 답과 바로 맞출 수가 있을까? 용기까지 필요한 건데…. 일상 속 깜짝 퀴즈가 즐거움을 선사했다.

매일 한 번은 가능한 한 자연 환기를 해 주세요.

바닥이 반짝반짝 빛났던 날의 상쾌함은 아직도 선명하다. 깨끗이 청소하고 잠들었는데 그다음 날 일어나 먼지 하나 없이 매끈한 바닥의 감촉이 맨발에 전해졌다. 깨끗한 느낌이 이리도 인상적인 이유는 무엇일까? 그 이유는 깨끗한 새날을 선물 받은 느낌이 들었던 것이다. 살면서 그런 상쾌함을 느낀 날이 더 있었는지 생각해 보니, 정리 관련 책을 읽으면서 현관이 중요하다는 것을 깨닫고 현관부터 걸레질했던 날이 떠올랐다. 그날도 비슷한 느낌이었다. 현관을 통해 들어오는 햇살과 시원한 바람이 지금도 느껴진다.

4명의 아이로 북적대는 집안은 바닥에 물건이 많았다. 넣어두는 사람은 한 명인데 4명이 꺼내니 집안은 금세 북새통이 되었다. 같은 물건을 여러 번 사는 일도 많았다. 아이들 나이에 맞게 필요한 것들은 많고 작은 집은 물건들이 계속 들어와 생활하기 힘든 곳이 되었다. 물건을 정리하는 일부터 시작하여 집을 청소하는 일은 꼭 필요하지만 매일 원활하게 이루어지지 않았다. 온종일 직장에서 일하고 오면 저녁 한 끼 차려서

행복한 삶을 사는 데
필요한 것이 그리 많지 않다는 사실을 늘 명심하라.
- 마르쿠스 아우렐리우스

먹이는 것도 힘에 부치는데 정리까지 하는 것은 나에게 역부족이었다.

그리고 한때는 그 답답함을 떨치고 살기 위해서 정리했던 적도 있었다. 정리를 계속해 오면서 정리할 일을 만들지 않는 것도 하나의 방법이라는 생각이 들고 버리고 정리한 후에는 사는 것도 줄이고 물건을 꺼내지 않는 것도 해 보았다. 미니멀리즘에 도취하여 『아무것도 없는 방에서 살고 싶다』라는 책 제목만 들어도 힐링이 되던 때도 있었다. 그런데 아무것도 사지 않고 아무것도 없는 방은 나에게 어울리지 않는 것을 깨달았다. 내가 좋아하는 스타일의 물건들을 보면서 느끼는 즐거움은 나에게 소중하다. 여러 가지 재료들을 이용하여 내 스타일로 만들어 내고 싶은 나의 창작 욕구도 마찬가지다.

이런 마음조차 버린다면 나는 나로 살지 못하는 것이 아닐까 하는 생각에 정리에 대한 자세도 변해왔다. 아직 정리되지 못한 무언가가 있다. 나는 평생 정리를 하면서 살지 모른다. 내 나이와 신체, 상황에 맞는 정리 말이다.

플러스를 끌어 당기는 청소력은
당신에게 어떤 꿈도 이루어 주는 강은 파워를 제공합니다.

사실 이 책의 구절을 발견했을 때만 해도 내 인생에 뭔가 배배 꼬인 실타래를 풀고 싶고 큰돈을 벌거나 내가 생각지도 못한 반전을 생각했다. 그런데 그 반전과 역전이 갑작스레 올 수도 있지만, 살금살금 올 수도 있으려나? 내가 지금도 생생히 떠올리는 지난날 청소된 집에서 느꼈던 그 상쾌함으로 일상이 채워진다면 큰 운명의 반전과 역전이 없어도 행복할 것이라는 생각이 든다. 그 행복을 나는 반전과 역전이라고 부르고 싶다. 이렇게 상쾌함을 느끼다가 나도 모르는 어떤 반전과 역전이 일어나도 걸레 덕분이라고 말하며 받아들일 자세는 충분히 되어 있음은 물론이다.

그 상쾌함을 얻기 위해 나는 용기 있게 걸레를 들리라. 역전과 반전이라는 통쾌함을 위해 당당하게 걸레를 들리라.

윤미경

10 나에게 달려 있는 것

"어떤 것들은 우리에게 달려 있고, 어떤 것들은 우리에게 달려 있지 않다. 해야 할 일을 하라. 그리고 일어날 일이 일어나게 두라."

- 『소크라테스 익스프레스』 중에서, 에릭 와이너

2000년, 초임 발령을 받고 4학년 49명의 아이들을 인솔하여 박물관 체험 학습을 갔다. 즐거운 마음으로 콧노래 부르며 나를 따라오는 아이들을 예상했지만, 기대와 달리 아이들은 지렁이 기어가듯 이리저리 꿈틀거렸다. 게다가 아픈 다리 두들기며 툴툴거렸다. 뭐가 그리 불만일까? 입이 댓 발 나온 아이를 향해 세게 쏘아붙였다. 당황한 아이 눈에서 눈물이 핑 돌았다. 아이들을 일사불란하게 다루고 싶은 욕구가 강한 초짜 교

> 나는 남이 나를 알아주지 않을 것을 걱정하지 않고,
> 내가 남을 몰라줄까 걱정한다.
> - 공자

사는 아이들의 불만이 못마땅했다. 능력 있는 교사는 눈빛, 손
짓 하나로도 아이들을 휘어잡는 전설이 있다던데 나는 내공
이 부족했다. 그래서인지 화만 났다.

　2011년, 나에게 찾아온 사랑하는 둘째 아들은 기질적으로
예민했다. 한 번 울음을 터뜨리면 기저귀를 갈아 줘도, 안아
주어도, 우유를 줘도, 데리고 나가 아파트 한 바퀴를 돌아도
달래어지지 않았다. 시부모, 남편, 나는 영문도 모른 채 하루
하루를 버텼다. 아이는 자라면서도 예민했고, 무던한 편인 나
는 그런 아이가 이해되지 않았다. 어린이집에서, 유치원에서
부정적인 피드백을 받으면 난 아이에게 부정적인 피드백을
되돌려줬다. 아이에게 늘 주의를 줬다. "이거 재미있겠지. 같
이 할까?"라고 물으면 아이는 일단 "싫어!"라고 했다. 기분 좋
게, 시원하게 "그래, 좋아." 하지 않았다. 이 아이는 나랑 맞지
않는 성향이라고 생각했다.

　2020년, 새로운 도시로 이사를 왔다. 아들은 학교를 옮겼다.

어떤 것들은 우리에게 달려 있고, 어떤 것들은 우리에게 달려 있지 않다.
해야 할 일을 하라. 그리고 일어날 일이 일어나게 두라.

코로나 19로 인해 학교에 갈 수 있는 날이 한정적이었다. "엄마 때문에 친한 친구들을 다 두고 왔어. 선생님이 코로나 때문에 친구들에게 말 걸지 말래. 난 친구 없어." 불안한 아이는 자주 엄마 탓을 했다. 나에게 자주 화를 냈다. 아이는 새로운 환경, 도전이나 시도에 두려움을 갖고 있었다. 난 아이가 이상하다고 생각했고, 점차 내가 화를 내는 횟수가 늘었다. 내가 옳지 않다고 생각하는 지점을 건드리면 난 들개처럼 바로 반응했다. "엄마 변했어. 이제는 나를 사랑하지 않아?" 아이가 자주 되물었다.

아들(학생)의 나쁜 버릇을 고쳐 주고 싶은 마음, 예의 바르게 잘 교육했다는 소리를 듣고 싶은 마음, 어디 가서 내 얼굴에 먹칠을 하지 않을까 하는 두려움이 혼재되어 아이에게 충격 요법을 주고서라도 부정의 싹을 잘라 주고 싶었다.

『소크라테스 익스프레스』에서 '에픽테토스처럼 역경에 대처하는 법'을 읽고 있었다. 에픽테토스는 스토아학파 노예 출

신 철학자이다. 스토아철학이 나이 든 사람들에게 제일 열렬
한 지지를 얻는다는데 난 벌써 스토아학파에 빠져 버렸다. 그
의 철학에 의하면 A라는 외부 사건이 일어난다. 그것이 나에
게 '인상'으로 와닿는다. 내가 그 '인상'에 '동의'를 하는 순간,
반사 반응으로 '감정'이 일어난다. 반대로 얘기하면 내가 '인
상'에 동의하지 않는 순간, '감정'은 일어나지 않는다. 아, 그
렇구나!

　초임 시절의 나는 다리 아픈데 계속 걷는다고 투덜거리는
학생(인상)을 교사에 대한 도전으로 '동의'했기에 학생에게
핀잔을 주며(감정) 쏘아붙였다. 내 아들이, "엄마가 우산 갖고
가라고 해서 학교에 우산을 가져갔는데 비 안 왔잖아. 힘들게
우산 괜히 가져갔어."라고 투덜거려(인상) '이 아이가 또 부정
적으로 나오면서 엄마 탓을 하네? 내가 그렇게 만만한가?'라
고 '동의'한 나는, 기분이 상하고 열이 받아 유치한 방법으로
폭발을 했다.(감정)

당신이 자주 생각하는 것. 그것이 당신이 된다.
- 마르쿠스 아우렐리우스

인상	동의	감정
나의 사랑하는 둘째 아들이, "엄마 때문에 학교에 우산 가져갔는데 비 안 왔잖아. 힘들게 괜히 가져갔어."라고 투덜거린다.	'이 아이가 또 부정적으로 나오면서 엄마 탓을 하네? 내가 그렇게 만만한가? 라고 동의할 것인가?	감정이 요동치며 상한 기분을 참지 못해 폭발한다. (과거의 내 모습, 가끔 현재도)
	동의하지 않고 끊을 것인가?	감정의 요동없이 대화를 나눌 수 있다. (노력하는 내 모습)

　　교직 생활을 되돌아보면 학생들에게 감정으로 표현된 과거의 모습들이 떠올라 자주 부끄러워진다. 경력이 늘어날수록 좀 더 객관화된 자세를 유지할 수 있게 되어 다행이다. 하지만 가정에서 내 아이들을 대할 땐 자꾸 날것 그대로의 내가 드러났다. 사랑하는 내 둘째 아들이 이상한 아이는 아니었다. 그 아이의 인상에 자꾸 동의한 내가 일을 더 키운 것이었다. 나는 자꾸 되뇐다. '동의할 것인가? 동의하지 않을 것인가?' 나는 동의를 커트시키는 법을 연습하고 있고, 우리는 벌써 몇 달 안에 화를 주고받는 횟수의 감소를 체감할 수 있게 되었다. 이제

오늘 나의 취미는 끝없는, 끝없는 인내다.
- 법정 스님

우리는 서로 매일 사랑한다고 말하고 안아 준다. 우리는 우리가 해야 할 일들만 할 것이다.

"어떤 것들은 우리에게 달려 있고 어떤 것들은 우리에게 달려 있지 않다. 해야 할 일을 하라. 그리고 일어날 일이 일어나게 두라."

김진수

11 내가 원하는 일을 하며 사는 방법

"당신을 이해하는 사람은 오직 당신뿐이다. 진부한 이야기지만 행복은 그리 멀리 있지 않다. 남에게 잘 보이려는 일이 아닌 오직 내가 하고 싶은 일을 하며 사는 것. 그리고 우리는 그것을 너무나도 쉽게 할 수 있는 시대에 살고 있다. 그러니 지금 당장 나의 일을 하자. 그렇게 나의 삶에서 주인공이 되어 보자."

- 『럭키 드로우』 중에서, 드로우 앤드류

　좋아하는 일로 경제적·시간적·정신적 자유를 얻은 상위 1% 밀레니얼 프리워커의 성장기를 다룬 『럭키 드로우』의 저자 드로우 앤드류는 위와 같은 이야기로 다양한 SNS를 통해 '내가 원하는 일을 하며 사는 방법'을 이야기한다.

그의 말처럼 살아가면 얼마나 좋을까? 글 속에서만 있다고 여긴다면 '저것은 다른 사람의 이야기고'라고 여기며 패스 (Pass)할 것이고, 현실에서 충분히 가능하다고 접근한다면 '저렇게 살기 위해 지금 내가 할 수 있는 것이 무엇일까?' 질문을 던지고 방법을 찾게 된다.

필리핀 속담에 "하기 싫은 일에는 변명이 보이고, 하고 싶은 일에는 방법이 보인다."라는 말이 있다. 예나 지금이나 정곡을 찌르는 말이다.

당신은 어떤 질문을 하고 싶은가? 나의 대답은 후자, 나도 할 수 있다는 점이다.

좋아하는 일을 찾는 방법

"무엇을 좋아하세요?"라고 누군가가 나에게 물어본다면 자신 있게 대답할 수 있을까? 만약 바로 "YES"라고 말하는 당신은 참으로 행복한 사람이다. 이런 질문을 다른 이에게 말하곤 하는데 많은 사람이 당황하는 기색이다.

하기 싫은 일에는 변명이 보이고, 하고 싶은 일에는 방법이 보인다.
- 필리핀 속담

"제가 무엇을 좋아하는지 잘 모르겠어요."

그렇다. 본업을 포함하여 다른 사람과 관계된 것들은 많은 시간을 들이지만, 정작 자기와의 짧은 대화조차 하기에 쉽지 않은 시대에 사는 요즘이다. 교사들의 삶을 들여다보면 더욱 그렇다. 학교에서는 학생들을 가르치기 위해 수업을 준비하고, 생활지도를 하며 방과 후에는 각종 회의와 상담 등으로 하루가 지나간다. 집에 가면 가족과 시간을 보내고, 아이가 있는 경우 육아라는 또 하나의 삶이 주어진다. 몸과 마음이 지쳐 나를 부르는 침대와 한 몸이 되어 쉼을 청한다. 이런 날이 반복되다 보니 어느 순간 서서히 몸과 마음이 지쳐가는 '나'를 발견하게 된다. 보기에는 참으로 평안하다. 좋다. '타인을 위한 삶', 그러나 열심히는 살지만 무언가 허전한 마음이 드는 것은 왜일까? 자신과의 만남이 무엇보다 중요한 이유다.

가치 투자의 대가인 워렌 버핏의 말이 얼마나 흥분에 가득하여 있는지 보면 알 수 있다.

"나는 내가 하는 일을 즐깁니다. 나는 날마다 탭댄스를 추며 출근합니다. 나는 내가 사랑하는 사람들과 일하며, 내가 좋아하는 일을 합니다. 나는 과거가 아니라 미래를 생각하며 시간을 보냅니다. 미래는 언제나 나를 흥분시킵니다."

이런 삶을 살아가기 위해서는 내가 진정으로 좋아하는 일이 무엇인지 탐색하는 과정이 필요하다. 2012년 독서를 만나기 시작한 뒤로 나와의 대화를 꾸준히 해오고 있다. 아래와 같은 과정을 지속해서 해오곤 한다.

- 포스트잇을 준비한다.
- 내가 좋아하는 일을 적는다.
- 포스트잇 한 장에 하나씩 적는다.
- 유목화한다.
- 하고 싶은 일들에 대한 우선순위를 정한다.
- 포스트잇에 적힌 것들을 실행으로 옮기는 방법을 생각한다.
- 방법을 실현하기 위한 작은 실천을 적는다.

약으로 병을 고치듯이 독서로 마음을 다스린다.
- 율리우스 카이사르

- 실천과 관련된 도서를 읽는다.
- 책을 읽으며 인사이트 얻은 것들을 적는다.
- 이제 행동할 차례이다.

나는 포스트잇을 자주 활용한다. 작성한 것들을 눈에 잘 보일 수 있도록 쉽게 붙일 수 있어서이다. 키워드나 문장이 적힌 포스트잇을 바라보고 있으면 그것이 펼쳐지는 장면이 연상된다. 도장 깨기 같은 기분이 든다. 내가 쓴 것들을 하나씩 실천하고 있으면 무엇보다 나 자신을 신뢰할 수 있는 믿음이 생긴다. '자신을 신뢰한다?' 이것이 곧 자신감이고, 그 힘은 자아를 존중할 줄 아는 자존감도 높아진다. 단순히 내가 좋아하는 일을 적고, 그것을 실천했을 뿐인데도 자신감과 자존감까지 상승한다니 일거양득의 효과가 있다.

좋아하는 일이라고 하니 무엇이든지 다 되는 것은 아닐 테다. 앞에 괄호가 빠져 있는데 괄호를 채워 보면 "(의미 있는) 좋아하는 일"이면 더욱 좋다. 의미가 있다는 것은 타인에게 조

1톤의 지식보다 1그램의 실천이 더 가치 있다.
- 마하트마 간디

금이라도 도움이 되는 것이면 충분한 의미 부여를 할 수 있다.

내가 만약 레고 만들기를 좋아한다고 가정해 보자. 레고를 만들고 방 한쪽에 그 작품을 게시한다면 '나의 만족감'으로 끝날 수도 있지만, 레고 만드는 장면을 (얼굴이 나오지 않아도) 동영상으로 제작을 다양한 SNS 채널에 공유를 한다면 '나'라는 공간에서 '타인'이라는 공간까지 확장되는 순간이다. 누군가는 그 제작 영상을 보고 '나도 만들고 싶다'라고 생각할 수 있고, 제작하는 방법을 모방하여 새로운 창작물을 만들 수도 있게 된다.

여행을 좋아하는 교사가 있다. 처음에는 '나'를 위한 여행을 해왔지만, 어느 날부터 블로그를 개설하여 여행한 지역을 기록과 동시에 숙소 잡는 방법, 맛집 투어, 항공권 티켓 싸게 구매하는 방법 등 자신만의 여행 스킬을 SNS에 공유하기 시작했다. 관련 내용이 많은 분께 도움이 되는 내용이었고, 결국 그런 기록들이 모여 『연애보다 여행』, 『그렇다고 회사를 때려치울 순 없잖아』, 『엄마와 함께 춤을』 등 다양한 책으로 탄생

> 당신에게 가장 필요한 책은 당신으로 하여금
> 가장 많이 생각하게 만드는 책이다.
> – 마크 트웨인

시킨 오수정 선생님! 최근에는 해외여행 실전서인 『자유 해외여행의 기술』 전자책을 출간하여 많은 독자에게 자신의 여행 노하우를 아낌없이 제공하는 중이다.

내가 좋아하는 일이 좀 더 타인과 연결이 되어 의미 있게 변하는 과정이다. 사소한 경험은 전혀 없다. 누군가에게는 그 경험조차 위대한 여정의 시작이 된다. 이 선생님의 삶은 앞으로 어떻게 펼쳐질지 기대가 되는 이유다.

좋아하는 일을 할 때 도파민이라는 호르몬이 생성된다. 도파민은 쾌감, 기분 좋음 등 좋은 감정을 유발하여 우리의 학습, 동기 부여, 보상감 등을 촉진하는 역할을 한다. 재밌는 삶이 연속적으로 하루하루가 쌓인다면 얼마나 좋을까? 앞서 말한 드로우 앤드류, 워렌 버핏과 같은 고백을 책이 아닌 내 입에서 나오는 그날이 기다려진다.

"아, 맞다! 나도 그렇게 살고 있잖아!"

윤미영

12 인생을 잘 산다는 것은

마흔이 넘어 나를 돌아보니 내 인생에 이룬 것이 없어서 숨이 막힐 때가 있었다. 덜컥 마흔이 되었는데 내 인생이 작고 초라하게 느껴져서 안타까웠다. 긴 휴직을 하며 세 아이를 잘 키워 냈다고 위로하고 싶지만, 여전히 아이들의 성장은 진행 중이라 내가 잘 살았음의 기준이 되어 주진 못했다. 그리고 그 삶은 아이들의 것이라 내가 잘 키웠다고 생각하는 기준이 아이에게도 반드시 좋은 것일 리도 없다. 이런 생각들이 나를 에워쌀 때 마음이 조급해진다. 뭔가를 이루어야 할, 내가 잘살고 있음을 증명할 대단한 일을 해야 할 것 같은데, 그런 마음으로는 오히려 쉽게 지치고 무기력해지곤 했다.

인생의 어떤 성과를 목표에 두고 좌절하기보다는
작은 오늘을 잘 이어 나가는 삶을 살고 싶다.

"저한테 '잘 사는 일'은 하루를 잘 보내는 일입니다. '인생'을 잘
사는 건 어려운데 '하루'를 잘 보내는 건 해볼 만하죠."

- 『은유의 글쓰기 상담소』 중에서, 은유

하루 중 온전히 나로 살고 있는 시간은 얼마쯤 되는지 돌아
본다. 학교에서는 교사로 집에서는 엄마로 시간을 보내다 보
니 나를 위한 시간은 어디에도 없다. 7시면 간신히 일어나 아
이들에게 잔소리하며 바쁘게 하루를 시작하던 나였다.

미라클 모닝 책을 읽은 것도 여러 번이었지만 한 번도 시도
해 보지 못했던 새벽 기상. 그래, 새벽 시간을 활용해 보자. 매
일 주어지는 하루를 잘 살려면 아침을 잘 시작하면 될 것 같
다. 하루를 잘 보내고 싶은 간절함 덕분에 매일 새벽 5시 30분
이면 나를 일으킨다.

미라클 모닝을 처음 시작할 때 66일이라는 숫자는 습관이
형성되는 어떤 상징이라고 생각했다. 66일이 되면 뭔가 대단
한 것을 이룰 수 있을 것 같고 새벽 기상 습관이 완전히 장착
되어 저절로 눈이 떠질 거라고 말이다. 하지만 새벽 기상은 여

> 저한테 '잘 사는 일'은 하루를 잘 보내는 일입니다.
> '인생'을 잘 사는 건 어려운데 '하루'를 잘 보내는 건 해볼 만하죠.
> - 은유

전히 쉽지 않다. 가끔 컨디션이 좋지 않은 날은 멍한 상태로 귀한 새벽 시간을 흘려보내기도 한다. 66일이 되면 전자동 시스템을 장착해서 엄청난 에너지로 새벽 시간에 몰입하고 뭔가 눈에 띄는 성과들이 이어질 거라는 믿음은 무너졌다. 여전히 의식적인 노력이 필요하다. 66일의 습관이라는 말은 습관이 정착되기 시작하는 출발선과 같다는 생각이 든다. 그러니까 미라클 모닝이 진짜 미라클이 되려면 지금부터 시작인 셈이다.

새벽 기상을 하면서 가장 좌절될 때는 휴대전화가 꺼져서 알람을 듣지 못하고 늦잠을 잤을 때가 아닌가 싶다. 그럴 때 매번 좌절하고 완벽한 새벽 기상을 원했다면 벌써 포기했을 것이다. 당연히 늦잠을 자거나 몸이 아파 휴식할 때도 있다. 가끔의 늦잠이나 휴식은 실패가 아니다. 힘든 내가 잘 휴식했으니, 오늘의 나를 격려할 수 있고 그 힘으로 다음 날을 또 잘 살아낼 수 있는 게 아닐까. 인생의 어떤 성과를 목표에 두고 좌절하기보다는 작은 오늘을 잘 이어 나가는 삶을 살고 싶다.

오늘 실패했어도 괜찮다. 내일 또 새로운 하루가 주어지니까.

새벽을 잘 보내기 위해 내가 선택한 방법은 감사 일기 쓰기, 독서와 기록이었다. 매일 새벽 일어나서 감사 일기를 쓰고 책을 읽고 때로는 내 생각을, 때로는 와닿는 문장들을 기록해 본다. 그런 하루들이 모이니 매달 15권 이상의 책을 읽고 기록하고 있다. 뭔가 대단한 걸 하겠다, 인생을 바꾸겠다, 이번 달엔 몇 권을 읽어내야지, 뭔가 되어 봐야지 같은 비장한 각오는 오히려 나를 지치게 한다. 하지만 매일 그날의 새벽 시간을 잘 보내려는 노력은 생각보다 쉬웠다. 그런 집중된 하루하루가 무언가를 만들어 낼 수 있음을 매일의 새벽 시간을 통해 알게 되었다.

변화가 필요하지만, 새로운 무언가를 시작하기 힘들거나 시작하는 데 용기가 없는 사람이 있다면 새벽 기상을 권하고 싶다. 오늘 실패했어도 괜찮다. 내일 또 새로운 하루가 주어지니까.

김혜경

13 누가 뭐라고 불러도 나는 나다

나 김혜경

남편에겐 부인

아들에겐 엄마

동생이 보면 누나

엄마가 보면 딸 혜경

외할머니가 보면 손녀 혜경

학교에서는 2학년 3반 선생님, 옆 반 선생님, 동 학년 선생님

나란 존재는 관계 속에서 다양하게 불린다. 다양한 나를 인
정하기보다 외면해 왔던 지난날이 있었다. 코로나 시대 책을
제대로 읽기 시작하며, 아이들, 남편, 일 중심이었던 지난날의

지금의 나와 다른 내가 되고 싶다면, 지금의 나에 대해서 알아야 한다.

— 에릭 호퍼

삶을 보상받기라도 하듯 나만의 시간을 찾으려고 애썼다. 하지만 책을 읽으면서 혼자인 나도, 가족과 함께인 나도, 직장에서의 나도 모두 나임을 인정하게 되었다. 그림책 『나는 _인데 말이지』를 보면, 바닷속에서는 '명태', 그물로 잡히면 '망태', 낚시로 잡히면 '조태', 수산 시장에 가면 '생태', 코 꿰어 꾸덕꾸덕 말리면 '코다리'로 다양하게 불리지만 존재의 본질은 변하지 않으니까…

사람들은 나를 키가 큰, 덩치가 큰, 웃음이 많은, 진지한, 열심히 하는, 긍정적인, 노력하는, 책을 좋아하는, 꼼꼼한, 구멍이 있는, 식탐이 많은, 인간미가 넘친다고 말한다. 다른 사람들이 한 말을 자주 가슴속에 담아 두곤 했다. 나를 칭찬하는 말을 들으면 인정받는다는 생각에 들떠 또 다른 인정을 받기 위한 행동을 하는 나를 발견하기도 하고, 진지하다는 말은 내게 지루하다는 말로 변환되어 받아들여져 의기소침해하는 나를 보곤 했다. 『빈틈의 온기』의 프롤로그에서 작가님 안에는 모두 아홉이 산다고 표현한 것을 읽고는 평소의 생각이 바뀌

> 행복하고 존엄한 삶은 내가 결정하는 삶이다.
> - 페터 비에리

었다. 1번부터 9번까지 자신을 표현한 프롤로그와 더불어 라디오에 초대된 누군가에게 "지금 몇 번이 나왔나요?" 하고 물으면, 상대방은 천연덕스럽게 "2번이요, 아니 4번?"이라고 대답하는 그녀. '그래, 맞아. 내 속엔 내가 너무도 많아.'

아직도 새벽 기상이 어렵지만 800일 이상 미라클 모닝을 하며 책 읽고 글 쓰는 나. 두 아들을 위해 맛있는 식사를 준비하고, 아이들의 이야기를 들어주다가도 서로 투덕거리기도 하는 엄마로서의 나. 남편과 산책하며 도란도란 이야기를 나누다가도 서로 으르렁대는 부인으로서 나. 무뚝뚝한 딸이었지만 이제는 엄마랑 30분 이상 통화하며 엄마와의 대화를 기록하는 딸. 아직도 식탐의 유혹을 이기지는 못해 출산 이후 15년째 다이어트를 하는 의지박약의 나. 꼼꼼한 일 처리에 애를 쓰다가도 때로는 어딘가에서 구멍을 드러내는 학교에서의 나. 아이들이 가르치는 것에 보람을 느끼지만 때로는 아이들로 인해 일희일비하는 나. 성장을 목표로 오늘도 배우는 나. 모든 나를 인정하기로 했다. 그러니 마음에도 평화가 찾아왔다.

모든 위대한 책은 그 자체가 하나의 행동이며,
모든 위대한 행동은 그 자체가 한 권의 책이다.
- 마틴 루터

누가 뭐라고 불러도 나는 나다. 모든 내가 의미 있는 존재이며, 다양한 경험과 사람을 마주할 때마다 나타나는 나를 사랑하며 보듬어 주고자 하는 나를 지켜볼 것이다. 『그림책에 마음을 묻다』에 나오는 문장처럼.

"더 넓은 세상으로 나가서 여러 상황에 '나'를 던져 보고 다양한 '너'들을 만나 보세요. 그렇게 나를 설명하는 단어 주머니 안에 있는 어휘 개수를 늘려 보세요. 나를 설명하는 어휘가 많아질수록 한 개의 수식어에 부여하는 중요도와 의미는 n분의 1로 줄어듭니다. 어느 순간 자연스럽게 '뭐, 이 세상 어떤 사람들에겐 내가 그렇게 보이기도 하겠지' 하고 툭툭 털어낼 수 있을 거예요."

- 『그림책에 마음을 묻다』 중에서, 최혜진

김동은

14 기삼이 있는 곳에 운칠이 깃든다

"타고난 운이 진짜 별로 안 되는 사람이 있을지도 몰라요. 하지만 그런 사람일수록 '기삼'을 더 키워야 하는 거죠. 운과 기는 더하기가 아닌 곱하기라 비중이 작다고 하는 '기삼'만 키워도 그 총합은 본인이 생각한 것보다 훨씬 더 커질 수 있거든요."

- 『럭키』 중에서, 김도윤

운칠기삼의 뜻을 찾아보았다. 운이 칠할, 재주(노력)가 삼할, 즉 모든 일의 성패는 운이 칠할을 차지하고 노력이 삼할을 차지하므로 운이 따라 주지 않으면 일을 이루기 어렵다는 뜻이라고 했다.

결국 운이란
세상이 내게 던진 수많은 질문과 기회에 대한 나의 선택이다.

19세, 첫 번째 수능시험을 완전히 망했었다. 말 그대로 폭망이었다. 그전에도 시험에서 크고 작은 실패들은 있었지만, 이때의 실패와는 비할 바가 되지 못했다. 목표로 하고 있었던 대학과 학과에는 어떻게 해서도 원서를 넣을 수가 없었다. 운칠기삼에 대입해 본다면, 나는 운이 없었다. 운만 없었던 것은 아니었다. 노력도 없었다. 조금 더 정확히 말하자면, 충분한 노력이 없었다.

20세, 두 번째 수능시험을 준비했다. 수능시험은 두 번에서 끝내자는 각오로 집과 가능한 한 멀리 떨어져 있는 기숙학원에 등록을 했다. 한다고는 했는데 한 학기가 넘게 점수가 오르지 않았다. 이러다 세 번째 수능시험을 또다시 준비해야 하는 상황을 맞닥뜨리게 될까 봐 두려웠다. 생각이 여기까지 미치자 열심히 하는 건 기본값이니 그 이상의 무엇인가가 필요하다는 생각이 들었다.

수업 시간이든 자습 시간이든 졸리면 일단 교실 맨 뒤로 나

운이라는 키는 필요하지만,
그 전에 키를 꽂을 자동차를 준비해야 한다.

가서 선 채로 공부를 했다. 그래도 졸리면 선생님께 양해를 구하고 아침 운동을 하는 운동장에 나가서 걸으면서 공부를 했다. 언어 영역 점수가 제일 낮았는데 점수가 오르기는커녕 내리막이어서 언어 영역을 잘하는 친구에게 공부하는 방법과 문제를 푸는 방법을 물어보고 적용했다. 수리 영역 점수도 제자리걸음이었기 때문에 수리 영역을 잘하는 친구에게도 찾아가서 방법들을 물어보고 적용했다. 동시에 내가 가장 자신 있었던 외국어 영역에 대한 방법들을 친구들에게 알려주었다. 개인 공부 시간이 더 필요할 땐 자투리 시간까지 계획해서 공부했고, 그마저도 여의치 않을 땐 소등 시간 이후에 몰래 화장실에 가서 새벽까지 공부를 하다가 잠자리에 들었다.

두 번째 수능시험 당일, 시험장에 발을 들여놓았을 때 그때의 교실 분위기와 그때의 내 기분을 기억한다. 대부분 수험생은 1년 전의 나처럼 교복을 입고 있었고 한껏 긴장된 얼굴로 공부를 하고 있었다. 그 모습을 보면서 교실로 들어온 후, 나도 자리를 찾아서 앉아 과목별로 핵심 요약을 해 두었던 노트를 꺼내어 읽기 시작했다. 그런데 작년과 다르게 긴장은 되지 않고 오히려 마음이 편안했다.

시험이 끝나고 기숙학원 친구들과 연락을 주고받았을 때 친구들이 하나같이 말했다. "이번 수능 시험은 너를 위한 시험 같았어. 시험 끝나고 나오는데 네 생각이 많이 나더라."고. 그도 그럴 것이 내가 제일 어려워했던 언어 영역은 평소보다 쉽게 출제되었고, 내가 제일 자신 있어 했던 외국어 영역은 평소보다 어렵게 출제되었다. 덕분에 나는 시험을 준비하는 동안 한 번도 받아보지 못했던 언어 영역 점수를 받아볼 수 있었고, 역시 한 번도 받아 보지 못했던 총점을 두 손에 받아 볼 수 있었다. 그리고 나는 두 번째 수능을 준비하면서 목표로 했던 학교와 학과에 지원할 수 있었고, 합격할 수 있었다.

저자가 운영하고 있는 유튜브 채널인 '김작가 TV'에 '염블리'라는 애칭으로 불리는 이베스트투자증권 염승환 이사가 나와서 한 이야기 중에 이런 문장이 있었다.

저는 운을 '준비'라고 생각해요.

"저는 운을 '준비'라고 생각해요." 그리고 이런 문장도 있었다. "매일 반복적으로 해오던 일이 다 합쳐져서 저한테 운으로 돌아오더라고요. 준비된 사람은 누구에 의해서든, 어떻게 해서든 언젠가는 그 운이 찾아와요. 운이 빨리 오느냐, 늦게 오느냐의 차이는 있겠지만, 준비가 되어 있으면 언젠가는 잡을 수 있는 거죠."

두 번째 수능 시험에서는 정말 운이 좋았다. 하지만 운만 좋았던 것은 아니었다. 삼할을 차지하는 노력이, 할 수 있는 노력의 종류와 방법을 찾고 실제로 행동에 옮기는, 후회의 여지가 없는 충분한 노력이 있었다. 시험 당일에 마음이 편안했던 이유는 나 스스로 준비가 되었다는 느낌을 받았었기 때문이라는 생각이 들었다.

운이 좋아 대학생이 된 후 지금까지 운이 좋았던 때도, 지지리 운이 없었던 때도 있었다. 어쩔 땐 정말이지 '온 우주가 내가 망하기를 바라나……'라고 생각했던 적도 있다. 하지만 변운과 기는 더하기가 아닌 곱하기다.

하지 않은 것이 있다면 그때도 지금도 나는 내가 운이 좋은 사람이 되길 원한다는 것이다. 그래서 운이 찾아오기 전에 일단은 '기삼'이라는 조건을 먼저 준비해 두려고 한다. 그리고 운이 찾아왔을 때 그것을 알아보고, 가능하다면 칠할을 넘기는 운의 효과를 보고자 한다. 이 글을 읽는 분들도 함께 해보면 좋겠다.

임소정

15 우리가 함께할 이유

나보다 뛰어난 사람이 주변에 많다는 건 고마운 일이다. 그들로 인해
내가 계속 달릴 수 있으니까.

- 『일독』 중에서, 이지성, 스토리베리

불합격입니다.

나의 첫 임용고시 결과였다. 반면에 같이 공부하던 친구는
합격이었다. 이렇게 희비가 갈리다니. 합격한 친구는 본인이
사용했던 교재와 프린트물을 주겠다고 했다. 그 고마운 일이
그땐 왜 그렇게 자존심이 상했는지. 괜한 자존심에 친구가 얄
미운 마음도 들었다. 제대로 된 축하도 못 해주고 그렇게 나는
재수생이 되었다.

좋은 동행자가 함께하면 그 어떤 길도 멀지 않은 법이다.
- 박노해

재수생에게는 세상이 잿빛이었다. 끝없는 터널 속에 늘 혼자 걷는 기분이었다. 외로운 싸움 속에서 모르는 문제는 점점 쌓여갔고, 더 이상 나는 물불을 가릴 처지가 아니었다. 질문할 사람은 합격한 친구뿐이었다. 자존심이 뭐 대수랴. 고마운 내 친구는 내 질문에 언제나 성심성의껏 답변을 해 주었다. 가끔 만나서 맛있는 밥도 사주며 격려도 해 주었고, 질문도 서슴없이 받아 주었다. 심지어 2차 수업 실연을 준비할 때는 내 수업 실연을 직접 보고 피드백도 해 주었다. 그렇게 나는 합격했다. 이 고마움은 평생 잊을 수 없다. 그 친구 덕분에 '나보다 뛰어난 사람'을 인정하기 시작했다.

하지만 임용고시가 나의 마지막 공부라고 생각했던 건 착각이었다. 교사가 되고도 공부가 필요했다. 다른 학교급과 다르게, 공립 유치원 교사들은 이미 사립 유치원 교사의 경력을 가지고 시작하는 경우가 많다. 아무런 경력 없이 합격한 나는 다른 교사들에 비해 스스로 부족함을 많이 느꼈다. 공부가 필요했다. 다행스럽게도 재수생 때의 경험이 좋은 밑거름이 되어 빨리 가려면 혼자 가고. 멀리 가려면 함께 가라.
- 아프리카 속담

나보다 뛰어난 사람들을 찾아다니기 시작했다. 다양한 연수
도 듣고, 전문적 학습 공동체를 운영하기도 하고, 여러 연구회
도 찾아다녔다. 그렇게 난 '자기경영노트 성장연구소(자경
노)'를 알게 되었고, 독서와 글쓰기에 뛰어난 선생님들과 함
께하게 되었다. 얼마나 감사한 일인지 모른다. 책을 열심히
읽는 사람들 사이에 있으니 나도 열심히 읽으려고 노력하고,
글을 꾸준히 쓰는 사람들 사이에 있으니 나도 꾸준히 글을 쓰
게 된다. 함께 있는 것만으로도 내가 성장할 수 있는 원동력이
된다.

이게 우리가 함께해야 할 이유가 아닐까. 함께하는 순간 누
군가는 나의 뛰어난 점을 찾아 배우고 성장하게 될 것이라 믿
는다. 비록 아주 작은 것일지라도 서로에게 긍정적인 영향을
미치고, 누군가의 원동력이 된다는 것은 상상만 해도 참 기쁜
일이다. 그래서 나보다 대단하고 뛰어난 사람들 사이에서 주
눅이 들 필요가 없다는 것은 이제 잘 안다. 오히려 고마운 일
이다. 그곳에 함께 있다는 것만으로도 내가 달릴 힘이 생기기

당신이 무슨 성취를 이루든, 누군가가 당신을 도왔다.
- 알티아 깁슨

때문이다.

난 지금도 완벽하고 뛰어난 교사는 아니지만, 아무튼 난 달리고 있다. 뛰어난 선생님들이 내 옆에 함께하기에 계속 달릴 수 있다. 이 책도 '함께'이기에 만들 수 있었다고 생각한다. 함께해 주시는 선생님들께 감사한 마음을 전하고 싶다.

변승현

16 매일매일의 총집합으로
만들어진 나

"벤저민 프랭클린은 자신의 잘못된 행동을 깨닫고 근본적으로 고치기로 마음먹었다. '배부르도록 먹지 말라. 쓸데없는 말은 하지 마라. 결심한 것은 꼭 실행하라. 말과 행동이 일치하도록 해라.' 등의 4가지 실천 계획을 만들었다. 절제, 침묵, 질서, 결단, 검약, 근면, 성실, 정의, 온건, 침착, 순결, 겸손이라는 13가지 덕목을 세워 지키려고 노력했다."

– 『부자 될 준비』 중에서, 이재범

어떤 분야에서든 성공을 이루기 위해서는 자신을 끊임없이 되돌아보고 꾸준히 갈고 닦는 과정이 필요하다. 그래서 현재 나의 모습은 자신의 과거를 집약해 놓은 상태라고 말한다. 작지만 변화를 일으키는 결심들이 모아져 만들어지는 것이 바

걱정을 해서 걱정이 사라지면 좋겠지만,
걱정은 걱정을 낳을 뿐 전혀 도움이 되지 못한다.
걱정은 나를 갉아 먹는 장애물일 뿐!

로 현재 나의 모습인 것이다.

"미래는 다름 아닌 오늘입니다. 체력의 낭비와 신경을 갉아 먹는 스트레스는 내일을 걱정하는 것만큼이나 인간의 발목을 잡는 장애물입니다. 미래와 과거를 완전히 차단하여 '온전한 오늘'을 사는 습관을 들여야 합니다."

- 『데일 카네기 자기 관리론』 중에서, 데일 카네기

때로는 어떤 목표를 향해 달려가다 눈에 띄는 성과가 보이지 않아 '현재 나의 방향이 잘못된 건 아닌가?', '이게 맞는 것일까?'라는 의심이 생길 때가 있다. 바쁘게 지내다 잠시 생각의 여유가 생기면 걱정은 또 다른 걱정으로 꼬리에 꼬리를 물고 나를 한없이 걱정 구덩이로 빠뜨린다. 걱정을 해서 걱정이 사라지면 좋겠지만, 걱정은 걱정을 낳을 뿐 전혀 도움이 되지 못한다. 걱정은 나를 갉아 먹는 장애물일 뿐!

그렇기 때문에 내가 믿는 그대로 나의 길을 걸어가야 한다. 매일매일 하고 있는 나의 작은 몸짓들이 누군가에게는 사소

우리의 순조로운 일상이 매일 누군가가 꾸역꾸역 해내는 일 덕분에
이루어진다는 건 경이롭습니다.
- 김경일 교수

한 것으로 보일지라도 내가 나의 선택을 인정해 주지 않으면
누가 나의 선택을 인정해 줄까? 나의 선택을 굳세게 믿고 나
아가야 한다. 선택들이 모이고 모여서 잘 되든, 못 되든 내 인
생의 발자국이 되어 또 다른 모습의 내가 될 것이다.

위대한 업적을 이룬 유명 인사들의 경우, 순탄한 삶보다는
고난과 역경을 딛고 일어나 어마어마한 업적을 이뤘다. 성공
의 대가는 있기에. 힘이 들 때면, 먼저 성공을 이룬 이들을 떠
올리며 '지금 성공하게 될 준비 과정을 겪고 있어.'라는 생각
을 떠올리기로 했다.

지금 이 과정을 차곡차곡 밟아 나가면 훗날 나는 지금보다
더 멋있어진 사람이 될 거라고 믿는다. 그래서 오늘도 나는 나
를 신뢰하고 찬란한 미래의 모습을 상상하며, 의미 있는 매일
매일을 누적하여 나를 단련시킨다.

"먼저 당신의 가치를 발견하라.
이것만큼 소중한 것도 없다.
자신의 가치를 발견하지 못한 사람은
스스로를 함부로 대한다."

장자의 말을 읽고 나니 자발적으로 글을 쓰게 된 2016년의 '나'를 만나게 되었다. 그때부터 스쳐 지나가는 기억의 조각들이 아쉬워 글을 쓰게 되었고, 글을 쓰다 보니 '나'라는 사람의 생각을 조금씩이나마 알게 되었다. 생각의 꼬리를 무의식적으로 따라갔을 뿐인데도 꼬리 끝의 마침표를 찍으면 무언가 모를 성취감을 느끼곤 하였다. 글의 재미를 느끼기 시작했던 그때의 나를 지나 7년이 흐른 지금의 나는 달라도 매우 다르다.

글을 쓰다 보니 알게 되더라. 나의 가치가 어떠한지. 그전까지는 그저 뜬구름 잡는 듯한 느낌이었다면 이제는 아니다. 나는 참으로 가치 있는 존재였음을 당당히 말할 수 있다.

글이라는 것이 거창하지 않다. 책을 읽으면서 나의 경험과 생각이 연결되는 그 지점에서 잠시 멈춰 글로 꺼내는 것에서 시작한다. 여기에 쓰인 23명의 글은 모두 그렇게 탄생이 되었다.

책이란 것은 각자의 상황에 따라서 다르게 연결이 된다. 아무리 좋아 보이는 베스트셀러라도 나에게는 맞지 않을 수도 있고, 남들의 평이 좋지 않은 책일지라도 나에게는 좋은 느낌으로 연결이 될 수도 있다. 책은 그런 의미에서 참으로 공평하

EPILOGUE

게 문을 활짝 열어 놓고 있다. 어떤 사람이 들어오고, 나가는지를 가리지 않고 누구에게나 열린 마음으로 기다리는 안내자와 같다. 때로는 과거와 연결이 되어 시간 여행을 하기도 한다. 아쉬운 기억들을 가져와 현재의 나에게 이야기를 하기도 하고, 미래의 나에게 아름다운 선물을 한가득 안겨 주기도 한다. 과거, 현재, 미래의 점이 선으로 연결이 되어 현재의 나에게 주는 의미가 새롭게 다가온다. 책과 글의 조합이 '나'라는 사람의 가치를 발견해 주는 방편이 되지 않을까?

다른 사람에게는 몰라도 우리에게는 책과 글이 박경신 선생님의 글인 「나는 꽤 괜찮은 사람입니다」라는 제목의 고백을 할 수 있게 해 준 소중한 도구가 되었다. 매일 책을 읽고, 필사하기도 하고, 그림으로 표현하기도 하며, 짧은 글, 긴 글을 써 내며 오늘을 살아간다. 나만의 가치를 발견하니 스스로를 소중히 대할 힘도 생겼다. 책과 글이 주는 힘, 연대의 힘이 강하게 느껴진다.

함께 책을 읽고 함께 나누며 글을 쓰니 기쁨이 배가 된다. 이 책을 만나는 당신 또한 우리의 소중한 책 벗이다. 책 속의 한 구절이 당신의 삶과 어떻게 연결이 될지 기대가 된다.

책 속 한 줄에서 내 삶의 매력을 발견하길 바라는
밀알샘 김진수 드림

소소하지만 매일 읽습니다

책 속 한 줄 의 힘

1판 1쇄 인쇄   2023년 8월 10일
1판 1쇄 발행   2023년 8월 15일

지은이 | 자기경영노트 성장연구소
펴낸이 | 박정태
편집이사 | 이명수   출판기획 | 정하경
편집부 | 김동서, 전상은, 김지희
마케팅 | 박명준   온라인마케팅 | 박용대
경영지원 | 최윤숙, 박두리

펴낸곳	BOOKSTAR
출판등록	2006. 9. 8. 제 313-2006-000198 호
주소	파주시 파주출판문화도시 광인사길 161 광문각 B/D 4F
전화	031)955-8787
팩스	031)955-3730
E-mail	kwangmk7@hanmail.net
홈페이지	www.kwangmoonkag.co.kr

ISBN	979-11-88768-72-1 03800
가격	18,000원